——这也许就是恋爱——

［日］服部千春 著　［日］高里六瑠 绘　蔡春晓 译

著作权合同登记号　图字 01-2016-3701

服部千春　高里 むつる
四年一組ミラクル教室——恋かもしれない

YONEN-ICHIKUMI MIRAKURU KYOUSHITSU——KOI KAMOSHIRENAI
© CHIHARU HATTORI 2008
All rights reserved.
Illustrations by MUTSURU TAKASATO
Original Japanese edition published by KODANSHA LTD.
Publication rights for Simplified Chinese character edition arranged with KODANSHA LTD. through KODANSHA BEIJING CULTURE LTD. Beijing, China.

图书在版编目(CIP)数据

　　四一班的神奇教室. 7, 这也许就是恋爱/(日)服部千春著;(日)高里六瑠绘;蔡春晓译. —北京：人民文学出版社,2016
　　(青鸟文库)
　　ISBN 978-7-02-011680-5

　　Ⅰ. ①四… Ⅱ. ①服… ②高… ③蔡… Ⅲ. ①儿童故事-作品集-日本-现代　Ⅳ. ①I313.85

中国版本图书馆 CIP 数据核字(2016)第 117207 号

责任编辑	朱卫净　王雪纯
装帧设计	汪佳诗

出版发行	人民文学出版社
社　　址	北京市朝内大街 166 号
邮政编码	100705
网　　址	http://www.rw-cn.com
印　　制	山东德州新华印务有限责任公司
经　　销	全国新华书店等
字　　数	89 千字
开　　本	890 毫米×1240 毫米　1/32
印　　张	5.75
版　　次	2016 年 10 月北京第 1 版
印　　次	2016 年 10 月第 1 次印刷
书　　号	978-7-02-011680-5
定　　价	20.00 元

如有印装质量问题,请与本社图书销售中心调换。电话:01065233595

开始的喷嚏..................4

小爱和大手..................9

由美和诚实笔..................51

学号1号　　　　　学号16号
井上由美　　　　　津山爱

"寿限无寿限无" 89

莫明其妙的电话 133

结束的喷嚏 174

后记 176

学号8号　　　学号5号
神田明日香　　小田慎也

开始的喷嚏

孩子们哈着白气,陆续走进校门。

"早上好啊,齐藤先生。"

"嗯!早上好!"

校工齐藤先生,郑重地一一回应着每一个孩子对他的问候。

这里是位于东京郊区的 M 市立第一小学。一个刚进入二月的,寒冷刺骨的早晨。

"啊!快看!霜柱!"

"啊?在哪儿?在哪儿?"

三年级的神田隼人,和紧随其后的四年级一班的坂口志郎,两人一路嬉笑打闹着走了过来。一见霜柱就赶紧蹲下来看。而神田明日香冷眼看着,默默从他俩身边走了过去。

明日香和隼人姐弟俩,好像和志郎住在同一栋公寓。

三人经常结伴一起上下学。这些情况齐藤先生可是知道的。

（以前明日香不也总是和他俩一起走吗？三人总是形影不离的呀，现在怎么……？呵呵呵，孩子们都慢慢长成大人了呢，是这么回事吧？）

孩子们的举动，令齐藤先生露出了会心的微笑。

"齐藤先生，你在看什么呀？"

齐藤先生正探身望向校园的花坛，就听见四年级一班的吉田老师向他打招呼。

吉田老师裹着臃肿肥大的棉质大衣，看起来比往常愈加显得胖乎乎的了。

"没什么。就是想着，秋天种下的郁金香的球根，长得很快的，是不是都已经发芽了呢？"

"是吗？不过，会不会太早了点？这个时候发芽的话，这么冷的天儿，会冷得打喷嚏的哟。"

嘴上这么说着，吉田老师也和齐藤先生一样，把目光投向了花坛。

"早上好！"

津山爱一边打着招呼，一边顺势扑到了吉田老师的身上。一边还说着：

"胖乎乎老师,看起来还真是挺暖和。"

吉田老师笑着打开大衣的衣襟,把小爱搂入怀中,紧紧地包起来。小个头的小爱,被大衣整个儿地隐藏起来,看不见人了。

"嘿!真滑头!"

西村圣良凑过来说道,把她那圆乎乎的脸蛋儿鼓得愈加圆鼓鼓的。

"哇哦!我也要!我也要!"

甩着两条小辫儿的井上由美也扑了过来。

"先走一步咯!"

吉田老师几个人挤挤攘攘地往前挪,小田保啊小田慎也啊这些男孩子们迅速超过他们,一溜烟儿跑走了。

"精神头儿总是这么足,真好!"

这一天早上和往常的每一天一样,齐藤先生面带微笑注视着每一个来上学的孩子。

(嗯?)

隐约听见一声小小的喷嚏,齐藤先生回头看向花坛。

上冻的泥土,裂开了一道小小的缝儿。一颗郁金香的嫩芽的芽尖儿,隐约可见。似乎在苦恼着,我什么时候才能探出头去呀。

"你这个小家伙儿,还真是一颗急性子的郁金香呢。天儿可还冷着呢,会感冒的哟。"

齐藤先生用手把周围的泥土归拢到一起,覆盖住嫩芽。

春天,还早着呢。

小爱和大手

"呼——真冷。"

刚一出家门,我就耸了耸肩,像只乌龟似的把脖子缩进夹克里,才发现外边原来这么冷。

寒风嗖嗖地刮着,偏偏是这样的大冷天儿,我却忘了戴围巾。

这是一年中最冷的时节,妈妈不也这么说过嘛。

连马路边儿上红色消防水桶里的水,都结了一层薄薄的冰。

我听见一阵啪哒啪哒的脚步声,回头一看,同班的西村圣良正朝我跑过来。

"早上好啊，小爱。"

嘴里哈着白色的雾气，回答了一声"早上好"，我和圣良肩并肩地走了起来。

"我说小爱，你这是怎么了？把身子缩成一团。"

圣良看看我，笑着问道。

"什么嘛，人家冻得受不了啦。"

为了不让温暖的体温从嘴里溜走，我尽量不把嘴张得太大，只咕咕哝哝地回了一句。

"你越是这么缩成一团，小个头儿就越是显得小啦。你瞧，不把背挺得直直的，可就长不大哦。"

圣良拍拍我的双肩包，力道透过双肩包传到我的背上。

被圣良厚实的胖手一拍，双肩包发出呼呼的声响。

我逗她玩儿似的，故意猛地伸长脖子挺直背，瞪大了眼睛给她瞧瞧。

圣良笑了，我也跟着她一起跑起来。

"跑着跑着就暖和了。"

我也一边笑一边跑，可是说实话心里却有点小小的失落。

圣良也真是的，"小个头儿就越是显得小啦"，这是

什么话嘛！

其实，我的确是四年级一班里个子最小的。

不仅是一班，整个四年级的学生中，说不定也没有比我更小的小不点儿啦。

和大个子、胖乎乎的圣良走在一起，小个子的我，可就显得越发地矮小了。

三月出生的我，据说一出生就是个小不点儿。从幼儿园的时候开始，到现在都小学四年级了，按身高由低到高站队，永远是站在最前面。

列队的时候，大家都喊着"一二一"朝前走，只有我喊着"一二一"原地踏步，左右手总是垂在身体两边，从来不用迈步。

虽说我个子这么小，我爸妈的身高却普普通通，不算太高，却也说不上矮。

就连妹妹小花，在班上按高矮列队也能站到后排，和我站在一起身高也看不出什么差别。

为什么就只有我这样？为什么呢？我怎么也想不明白。

见我这么在意自己的小个头儿，爸妈总是跟我说："没事儿，到时候自然就长高啦。"可是，"到时候"到底

是什么时候呀?

我每天都好好吃饭,牛奶也多多地喝。可是这"时候"还是老也不"到"。

我一直一直,还是这么个小个头儿。

早课的铃声刚响完,班主任吉田老师就走进了教室。

原本在走廊上聊天的同学们,也赶紧走进教室,回到自己的座位上。

"同学们,早上好!"

站在讲台上的吉田老师,声音还是像往常一样洪亮。教室里的同学们,也齐声回应道:"老师早上好——"

吉田老师环顾教室一周,微笑着说:"今天,谁也没有请假呢。大冬天里却没人因为感冒而缺勤,大家真棒!"

吉田老师总是这样,会因为一点点小事儿,而可劲儿地表扬我们"真棒"。这样的吉田老师,我真喜欢。

吉田老师一边把叠成一叠抱在怀里的记录本展开,一边说道:"现在把《健康记录》发给大家。这是上一次体检的结果,所以请大家一定要给各自的家长看,并请家长签字。"

吉田老师一一念出每个人的名字,把《健康记录》

逐一发到大家手上。

"门田明同学……小明啊，你个子又长高了好多呢，真棒！"

被叫到名字的小明，说着"啊？是吗？"不好意思地挠挠头。

什么都不用做，光是长长个子就会被表扬，还真是好事儿呢，我心想。

"井口美香同学。美香也长个儿了呢，是女生中长得最多的哟！"

走到老师跟前的美香，也似乎很难为情似的笑了笑，耸耸肩。

（美香她，还真是长高了呢。看着一点也不像是跟我同一年级的呢。）

"……津山爱同学——"

听到自己的名字，我走上前去，接过《健康记录》。吉田老师什么也没说，只是微笑着看着我。

（……122.5厘米。啊——和第二学期比，只长了两厘米而已。烦死了……）

我把《健康记录》塞到课桌最里面，叹了口气。

又到了一天的午餐时间。这周的午餐值日是第三小

组,也就是小明那一组。

我也拿了餐盘,和大家一起在教室前面排成一排,准备去领今天的营养午餐。

首先,给大家盛奶油蔬菜汤的,是小明。只见小明咚地一下,把铝制的汤碗放到我餐盘上。

"哎呀!小明,我可吃不了这么多啊。"

小明往汤碗里满满地盛了一碗奶油蔬菜汤,我的餐盘一下子就变沉了。

小明一本正经地说:"不行。小不点儿爱,得快快长高,所以必须得给我多多地吃。"

竟然被人叫成"小不点儿爱",我撅着嘴低下了头。

"是呀,小不点儿爱,你可得快快长啊。"附和着小明,旁边的午餐值日生佐佐木高志,也把一碟堆成小山似的通心粉沙拉递给了我。

再加上又拿了面包和甜品香蕉,我的餐盘变得越来越沉了。

吉田老师和其他同学在一旁看着,都惊呆了。

"小爱,你吃得了这么多吗?减一点也行的。"

虽然吉田老师体谅地这么对我说,但我还是斩钉截铁地回答道:"不用。没关系。"说完,把头往上一扬。

　　班上的同学都做好了用餐准备，然后全班一起朗声说道："开动了！"这是每日的必修课。

　　我们学校，午餐之后是午休时间。早早吃完午餐的同学，说一句"我吃饱了"，就可以起身出去玩儿了。

　　第一个吃完的，总是小明不会错。"我吃饱咯——"他这么说着，把餐盘一收，就抱着球冲出教室，飞奔向校园，玩躲避球去了。

　　"我占位去了啊——"小明的喊声，常常从走廊的那一头传来。

　　可是，这一周因为是值日生，要完成把餐具送回食堂的任务，所以就算吃完了饭小明也不能出去玩。

　　喜欢细嚼慢咽的我，吃完总是快到最后一个了。午餐值日生和小伙伴们，等我等得心焦，这也成了每日的必修课。

　　特别是今天，托小明的福，我吃呀吃呀，无论怎么吃，碗里的东西还是不见少。

　　坐在我旁边的井上由美，一个劲儿地催我："快，加油！"

　　在前排的座位上侧身坐着的圣良，在我的课桌上用手支着下巴，一边叹气一边说："小爱呀，唉，别吃啦，

剩点儿就剩点儿吧。要不,这样吧,我帮你吃。"

我嘴里塞满了面包,吃力地嚼着,一边把头一拧。

(不行!我全都要自己一个人吃光!)

我的倔脾气上来了。

就算是硬着头皮,我也要全部吃光。要吃好多好多,快快长高长大。让他们瞧瞧!

"圣良、由美,你们都不用等我了。先去玩儿吧。"

我都这么说了,圣良和由美,也就一脸无奈地离开了教室。

"我们这就开始收餐具了,吃得慢的人请自己把餐具

送回食堂去。"小明这么冷冷地说了一句，午餐值日生们就哐哐当当地将餐具收纳箱抬了出来。

要不是你们给我盛了这么许多，我怎么会老也吃不完呀？我在心里气呼呼地说。

哼哧哼哧，好不容易吃了个精光，午休的时间已经过去一大半儿了。我只能自己去归还餐具。

就在这时，吉田老师跟上我，一直陪我走到食堂。

在走廊上和我并排走着，吉田老师一脸担忧地盯着我的脸，问道："你这是怎么了，小爱？也用不着那样勉强自己，吃那么多午餐呀。"

吉田老师真好。我委屈得直想哭："可是，我是真的想快快长大呀。"

"这话是没错，你的想法我也能理解。可是，光一顿饭吃这么多，只会把肚子吃坏而已，不是吗？小爱你呀，就是个爱较真儿的性格，有时候想得太多了。没问题的，只要时候到了，每一个人，都会顺顺当当地长大的。"吉田老师十分乐观地说，"我念小学的时候，个子也算矮的，而且还是个瘦猴儿呢。……怎么？小爱，你不信，是吧？也是啊，现在的我可不是竖着生长，而是光顾着横向生长啦。"

吉田老师晃了晃圆滚滚的身子笑了。我也跟着笑了起来。

（老师，您这可不叫生长，该叫肥胖吧……）

如今的吉田老师，要说身高，也算是个子高的了。这么看来，我也能再长高一点点吧。当然了，像吉田老师那样横向生长可就不用了。

第五节课，是音乐课。

拿着音乐课本和竖笛，我们转移到音乐教室。

教音乐课的山崎老师，立刻在钢琴的琴凳上坐下，用手扶了扶红色镜框的眼镜，注视着乐谱说道："好了。今天开始，我们要学习新曲子咯。"

山崎老师把课本上的练习曲用钢琴弹奏了出来。

听着曲子，我的手指也下意识地在膝头上像敲打键盘似的动起来。

这就是常说的条件反射吧。

我从幼儿园起，就一直在钢琴教室学琴。

我的小手，一放到键盘上，简直就像变成了一只飞舞的精灵。

只有弹钢琴这项本领，我有自信不会输给班上任何

一个人。虽然这件事儿，我对谁也没有说过。

可是，在秋季音乐发表会上，四一班的钢琴伴奏这项任务，却落到了原田美奈子身上。

美奈子钢琴弹得好，从三年级的音乐发表会那时起，就是众所周知的事儿。所以，今年的钢琴伴奏，也理所当然的，大家都推举美奈子上。

而我，不过是除此之外的众多竖笛手中的一员。

我的竖笛吹得并不好。因为手太小，怎么也不能完全地摁住竖笛的气孔。

有时候，会噗——地吹出一个奇怪的音符，惹得大家都回头瞪我。

这个时候我当然不能说什么"要是换成钢琴，我可弹得好着呢"之类的话吧。

我一直在学钢琴，这事儿朋友们虽说也知道，可是我从没在大伙儿面前弹过，所以到底弹得有多好，自然谁也不清楚。

弹完练习曲，山崎老师站起身来，说道："怎么样，同学们？这首名叫《山中音乐会》的曲子，其实就是下个月的'六年级毕业欢送会'上，我打算请四年级的同学们用竖笛演奏的曲目。"

啊——用竖笛演奏呀,还是算了吧。这么想着,我皱起了眉头。

"另外呢,我还想拜托一班的一个同学来做钢琴伴奏。"说到这里,山崎老师的视线落在我的身上,停住了。

糟了,我皱着眉头的样子,好像全落在老师的眼里了。

"怎么了,小爱?难不成,你是想说,你会弹钢琴?"红色镜框的眼镜后面,山崎老师的一双眼睛眨呀眨的,问我道。

我把头摇得跟拨浪鼓似的。

"真的吗,那就算了吧。"山崎先生信以为真,点点头继续说,"这样的话,钢琴伴奏的事儿,还是拜托原田美奈子同学吧,好不好?"

山崎老师这么一说,美奈子马上回答道:"好的!"

(哎哟!)

我的背上,被坐在我后面的由美用力戳了一下。她把头凑到我耳边,小声说:"要说钢琴,小爱你不是也会弹吗?你怎么不跟老师说让你来当钢琴伴奏呢?"

我轻轻摇了摇头,小声说:"不用了。"

我心里清楚,像我这样的小不点儿,什么事儿都干不好。

就算是平时弹得那么好的钢琴,一旦站在大伙面前,一紧张,也一定会弹得一团糟。

"那么,各位同学,准备好了吗?请大家看着乐谱,把竖笛吹起来吧!"山崎老师坐到钢琴前,弹出了乐曲的前奏。

我也跟大家一样,拿起竖笛,凑到嘴边,摆好姿势。

噗——

刚一用劲儿,就吹出了一个怪音儿。

整个班的同学都把目光投向我。

山崎老师也是一副无可奈何的表情,又重新弹了一遍前奏。

"唉——"盯着保健室雪白的天花板,我重重地吐了一口气。

围住我的床的帘子,唰地一声被拉开了,身穿白大褂的保健老师山本,笑容满面地探进头来说:"小爱同学,你睡得可好啊?再过一会儿今天的学习总结会就开完了,你们班上应该会有同学来接你的。"

啊，对啊，事情是这样的，我想起来了。

刚才的音乐课上，我吹竖笛吹得太用劲儿，渐渐地觉得身体有点不舒服，就这样被人送来了保健室。

虽说小睡了一会儿，可是胸口还是有点闷闷的，直恶心。

"小爱同学你呀，个子小，所以肺活量一定也小，对吧？可你还那么用劲儿地吹竖笛，所以导致了缺氧也说不定呢。"说着，山本老师笑了起来。就连山本老师，也把我"个子小"当作理由。

"不是不是。是因为之前午餐时，我稍微吃多了点儿。所以，吹竖笛的时候，才会觉得不舒服的……"说着，我耸了耸肩，"老师，要怎么样才能长大呀？我已经很努力地吃得很多了，可是还是一点儿也没长。"

"没问题的。多多吃饭，多多运动，到时候一定会长大的。"山本老师十分肯定地点点头。

大人们怎么都这样，为什么总是说同样的话？

"到时候"，"到时候"！我可不要等什么"到时候"，我现在就要长大！

长大了，就什么都能做了……对！还有钢琴！我也能理直气壮地弹了！

　　山本老师从白大褂的衣袋里抽出手来，摸摸我的额头试了试温度。"没事儿，也没发烧。是吗？原来是吃多了呀。这样的话，还是吃点药性不强的胃药以防万一吧。"说着，朝药柜走了过去。

　　正午的阳光，从凸窗照射进来，把整个保健室照得亮堂堂的。凸窗的窗边，放着一个花盆，盆里红色的海棠花开得正艳。

　　我把毛毯往肩上一扯，腾起一点点灰尘。在透过玻璃窗的阳光照射下，灰尘似乎变成了金色的粉末。

　　刚觉得鼻子有点痒痒的，只听"阿，阿，阿嚏！"我打了一个大大的喷嚏。这个喷嚏几乎是从喉咙深处冲出来的。看样子是灰尘钻进了鼻子里。

　　小个头儿的我，打的喷嚏也应该是小小的。这么大个儿的喷嚏，我可从没打过呢。

　　被喷嚏声吓了一跳，山本老师回过头来："怎么了，这么厉害的喷嚏！小爱同学你身体不舒服，不会是因为感冒吧？"山本老师的眼睛瞪得圆圆的。我自己也被这个大喷嚏吓了一跳。

　　这时，从走廊上传来了急速奔跑的脚步声，山本老师于是朝进门处看去："哟，你瞧。你们班有人来接你

了吧!"

我从床上站起身来,打算把毛毯叠好,突然发觉凸窗那儿似乎有什么东西在发光,于是朝那盆海棠花看去。

在那个白色的圆圆的塑料花盆旁边,有一个玻璃小瓶子。

(这是什么呀?我记得刚才没有这个东西呀……)

我下意识地把那个小瓶子拿在手里。这是一个茶色的玻璃瓶,带着小小的瓶盖,是红色塑料质的。

"成长促进液"……纸质的标签上,写着一行黑色的字。

"成长",就是长大的意思吧?那么"促进",又是什么意思呢?

我还想看个仔细,却听见山本老师叫我了:"小爱同学。果然是有人来接你了哦。是圣良同学和小明同学来了哦。"眼看着山本老师一边说一边就要回过头看到我了。

也不知道为什么,我慌忙把拿在手里的小瓶子一把塞进了裙

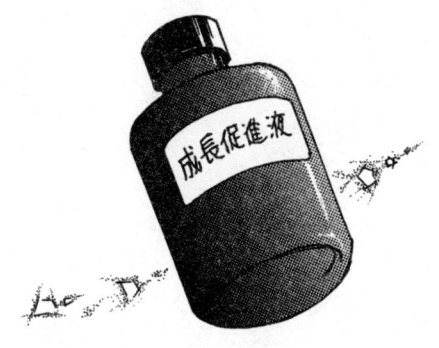

子的口袋里。

为了掩饰过去，我还故意啪啪地拍打了几下裙摆，装作是在抚平裙摆上的皱褶，然后赶紧把拖鞋穿好。

这时，保健室的门打开了，圣良和小明走了进来。他们身后，还跟着吉田老师。

圣良和小明都背着双肩带书包，而我的书包则是圣良替我背着呢。

"小爱，你没事儿了吧？"

"小爱同学，你身体不适已经好了吗？"

圣良和吉田老师你一句我一句地，关切地询问我。

"快呀，小明，你不是也有话想对小爱说吗？"吉田老师把躲在后面的小明，一把推到我的面前。

小明挺不好意思似的眨巴着眼睛看着我："对不起，给小爱的午餐盛了那么多，真对不起。"

小明刚说了这么一句，就又躲到吉田老师魁梧的身躯后面去了。看着小明可笑的举动，我扑哧一下笑出了声。

"好了，没什么啦。也怪我自己啦，都说了吃不了剩下也关系，还要硬着头皮吃。"

听我这么一说，小明立刻松了一口气似的，脸上笑开了一朵花。

"好了,就这么着了。多多保重咯——"

说着,小明倏地一转身,把双肩包都腾起来了。他就这样飞奔出了保健室。

吉田老师说着"瞧瞧,瞧瞧!"一边笑了起来。

"小明这家伙,刚才还那么一脸担忧的样子呢。"圣良也跟着笑起来,把双肩包递给了我。

我和圣良两人并肩走在回家的路上。圣良望着我的脸,说道:"话说回来,小爱。你就那么在乎吗?你个子小的事儿。"

我轻轻地点点头。

"也对呀。烦恼这东西,每个人都不一样呢。你看我吧,长得胖,所以一站在小巧可爱的小爱你的身边,就越发显得又胖又壮的,也烦恼着呢。"

圣良把原本就胖乎乎的腮帮子,鼓得越发圆鼓鼓的给我看。

"啊,真的吗?你还有这想法?我可一点儿都不知道啊。"

"你看是不是?所以说嘛,无论是谁,都会有烦恼的。再说午餐这事儿,之前阿胜当午餐值日生的时候,

还不是一样说什么：'圣良太胖啦，少吃点吧'，就只给我盛了一点点菜。"

我咯咯咯地笑着，眼前浮现出和田胜那张四四方方的大方脸。（具体情况，请读读《我的名字真讨厌》的第一话。）

如今，圣良和阿胜，几乎成了欢喜冤家，常常斗嘴打闹。

"要说阿胜的烦恼，那就是冒冒失失、笨头笨脑了，一定没错了。"圣良很肯定地说。

是吗？大家都有这样那样的烦恼啊。

我的心情稍稍轻松了一点。

我回到家，放下双肩包去上厕所，这才注意到：裙子的口袋里，还一直放着那个小玻璃瓶呢。

（这东西，到底是什么呀？）

我把茶色的小瓶子掏出来，怔怔地看着。

"成长促进液"？"成长"我明白，可"促进"又是什么意思呀？

让我来查查看吧。这么想着，我回到自己房间，打开了词典。

促进——催促和推进事物的发展。

这么说,"成长促进",就是对成长的进展产生催促和推进的作用,是这个意思吗?

瓶子上的纸标签上,写着一行小字:"适用于一切生物的成长"。

我的脑子突然冒出一个念头:这么说,这个就是专用于成长的药啦。这么一来,难道说,我吃了这个药,就能长大了,是不是?

(吃点儿试试吧,小爱。)

我不由得把头一别,这种奇奇怪怪的药,要是吃了把肚子给吃坏了,可就麻烦了。

我怎么就把这样的瓶子从保健室给带回家来了呢?明天可一定要乖乖地还回去。

这么想着,我伸手准备把瓶子放到书桌上去。

就在这时,我手一滑,没放稳,瓶子从书桌上掉了下来。我不由得"啊!"地叫出了声。

咣当!

哎呀!糟了糟了!

我吓得倒吸一口冷气。

玻璃小瓶子,碰到木地板,瞬间碎掉了。

从摔碎的瓶子里，流出了一种绿色的黏稠的液体。

（这可怎么办……）

我从卫生间拿来抹布，把绿色的液体给擦干净了。

破玻璃瓶里，已经什么都没剩下了。

（哎呀，这下可好，想还也还不了啦……）

抹布，我拿到卫生间去洗了，而瓶子呢，没办法，只能扔垃圾箱了。

保健室的山本老师，会不会已经发现这个瓶子不见了呢？明天还是跟山本老师把事情说清楚，老老实实地道歉比较好吧？

看着卫生间镜子里的自己，我正在犹豫不定，这时，走廊传来了妈妈的声音："小爱，怎么啦？你在洗什么呀？"

我赶紧回答："没啥没啥。我把水给弄洒了。"糊弄了过去。

第二天一早。

丁零零，丁零零……

闹腾得正欢的闹钟，一如既往地被我一拳头砸中。

原本放在床头的架子上的闹钟，不堪一击地滚落到

地板上。

我把闹钟捡起来放回架子上,然后地伸了个懒腰。

"啊啊啊——"一个大呵欠眼看就要从张大的嘴里冲出来,我赶紧用右手捂住。

"咦?"不知为什么,手的感觉有点怪怪的。我把两只手在胸前摊开一看。

"什么!?怎么回事!?这是怎么啦?"

我的手……原本和身体的比例相符的,小小的,小小的我的手……竟然变得几乎跟爸爸的手一样大了!?

"怎么了?这是,怎么了?"简直不敢相信眼前的一

切，我用力地揉了揉自己的眼睛。

再一次睁开眼，我的手仍然还是那么大。不会是做梦吧？这么想着我又拧了拧自己的脸蛋儿。

"哎哟，好疼！"也许是用变大了的手拧的缘故吧？脸蛋儿像要被揪下一块儿来似的，格外地疼。

竟然不是梦……这是怎么回事？……

我能想到的，只有一个原因。

就是那个，昨天从保健室拿回来的"成长促进液"的小瓶子。

瓶子摔破了，有液体流出来。就因为擦了那液体，所以只有我的手，沾到了"成长促进液"。

所以，就只有我的手，成长了，变大了？真有这样的事儿？……

可是，也实在想不出其他的原因了。

"怎么办呀……"

怎么想，也想不出什么法子。我只能决定找保健室的山本老师商量看看。

这药不是从保健室拿来的吗？既然这样，保健室里兴许还有能恢复异常生长的药之类的，也说不定。

顾不上这么多了，我赶紧从衣柜里拿出妈妈前几天刚给我买的毛衣，换上。

毛衣我现在穿还太大，袖子也长，所以能把变大的手给藏起来，只露出一点点指尖。

"早上好。"从二楼的自己的房间下到厨房，看到爸爸妈妈都在。

"早上好，小爱。"已经坐到餐桌前的爸爸，眼睛一边瞄着晨报，一边用筷子搅拌着小碟子里的纳豆。

"哎呀，小爱，不是跟你说了吗，这件毛衣现在还嫌太大。"

我对妈妈摇摇头说："没关系。"

妈妈把盛好饭的碗一一摆放在餐桌上，一边抬头看了看墙上的钟。"小花还没起床呢。真是的。小爱，你自个儿盛一盛酱汤，好吗？"说着，妈妈急着去叫妹妹小花起床了。

（妈妈。那个，我的手……）

我想说来着，可是却把到嘴边儿的话给咽了回去。

说了手变大的事，那就不能不说擅自从保健室把药瓶拿回家的事。

会被妈妈怎样一顿臭骂，不用想也知道。只要今天去保健室，拿到能把变大的手恢复原状的药，就什么都解决了。

我默默地盛好了早餐，坐下来，说道："我开动了！"

然后从长长的衣袖里，只伸出手指，握住筷子。还不太适应这双变大了的手，吃起饭来很是费劲。

到了学校，还没顾得上去教室，我首先来到了保健室，探头往里瞧。

山本老师，已经早早地来了，正用杯子，给凸窗边的那盆海棠花浇水呢。

"早上好，山本老师……"

"早上好啊。是四年级一班的津山爱同学吧。昨天身体不舒服，现在已经好了吗？"

山本老师看着我，满脸慈爱的笑容，看得我直想哭。

我走进保健室，反手关上门，结结巴巴地开了口："那个，山本老师。那个茶色的药瓶……"

听我这么一说，山本老师一脸茫然："药？什么药？茶色的瓶子？那又是什么？"

"咦？不就是那盆海棠花旁边的，'成长促进液'吗……"

我话都说到这份上了，山本老师还是一脸不明就里的表情。

"'成长促进液'？这种东西，我这儿可没有。你是不是在别的地方见过，记错了呀？你这么一说，我倒想起来了。这盆海棠花最近也变得有点没精打采的，我正想着要不要给它用点营养液呢。"

正在你说东我说西，谈话难以继续的时候，早课的铃声响了。

"哟，小爱同学，你得赶紧去教室了。"我几乎是被山本老师从后面推着，送到了走廊上。

这一整天，人是待在学校，可是我的脑子里却满满的全是手变大了这事儿。

上课也好什么也好，全都听不进去，其他的事儿什么也顾不上想。

变大的手，被毛衣长长的衣袖遮盖得严严实实，无论是好朋友还是其他同学，谁也没发现。

只有这件大得离谱的毛衣，被好几个人笑话了一番。而我，却越发握紧了双手，想要把它们藏得更严实一点。

到了非要用手不可的时候，我就尽量不引人注意，只从袖口伸出一小截手指尖儿来。

（别担心，小爱。一定会有什么办法的……）

我好几次在心里这样对自己说。要是不这样搞不好就会大哭起来的，所以只能拼命克制住自己……

到了家门口，却发现爸爸妈妈谁都不在。我只得用一直放在双肩包里的钥匙打开了门，进了屋。

厨房的餐桌上，放着妈妈留的便条。

"小花好像感冒了，我要带她去医院。小爱，今天是去钢琴教室学琴的日子，你练习练习就去吧，可别迟到咯。"

内容如上。

对呀，今天可是学钢琴的日子呀。我都给忘了。我像往常一样，来到摆放在起居室的钢琴前，坐了下来。

在上钢琴课之前，必须要再好好练习一遍，这是我一直以来的习惯，所以自然而然地有这样一番举动。

在此之前，我还到卫生间，比往常加倍认真地洗了手。心想，用冷水一刺激，手说不定会变小呢。

可是，我的双手，还是那么大。

坐在钢琴前，我突然想到：

过去，我的小手，在琴键上移动的时候总是显得有点儿忙乱。那么，它们现在变大了，从一个琴键跃到另一个琴键，岂不是要轻松许多吗？

就算是从低音键到高音键，也只需要稍稍把手张开，轻轻松松就可以弹到了。

（对呀，一定是这样。我的手，就是为了这个才变大的……）

我带着略略释怀的心情，揭开了钢琴的琴盖。

《妖精的舞蹈》

这是我上次课才开始弹的练习曲。

从毛衣的袖子里，猛地伸出双手，打开乐谱。好的，开始吧！

仿佛是张开翅膀的精灵在尽情飞舞，我的手指在琴键上……

不好，弹错音了。从头再来一次。

我的手指在琴键上……

又弹错了。……怎么回事！

不行，怎么弹也弹不顺。

长大了的手，变得难以驾驭。

不仅是长大了，连手指也变粗了，找不到感觉。

一不小心连旁边的键也一起按下去，单音弹成了双音……尽出这之类的错。那感觉，简直就像是用戴着手套的手在弹钢琴似的。

怎么办？这样一双大手，还怎么去钢琴教室呀？

我用这双大手的手背，擦了擦渐渐盈满眼眶的泪水。

啪哒啪哒，走廊上传来越走越近的脚步声。好像是妈妈和妹妹小花回来了。

我赶紧把眼泪用毛衣衣袖一把擦掉。

"我们回来啦。小爱，你怎么还在家？不是已经到学钢琴的时间了吗？"妈妈催促我似的推推我的背，"小花的感冒，好像没什么大问题。这就好。小爱也要预防感冒，记得一回来就要漱口哦。"

也不明白人家的心事，妈妈自顾自地说着。

没办法，我只得拿上钢琴课的书包，出了家门。

秋千在我的屁股下，随着摇摆的节奏发出吱吱嘎嘎的声响。手握着冻得冷硬的铁链，感到刺骨的寒冷。就算是变大了的手，寒冷的感觉也还是一样的。

我已经在公园的秋千上坐了好一会儿了，一直没动。

钢琴教室开课的时间早过了……我逃课了。

怎么办呀？从今往后，我该怎么办呀？

就只能带着这么大的一双手,一直生活下去吗?

还是说,过不了多久,身体的其他部分也会成长起来,迎头赶上呢?

那样的话,就不会单单只有一双手显得那么大,那么显眼了吧?

可是,要等到那一天,究竟需要多少年啊?在那之前的我,又该怎么办呢……

天色渐暗的公园里,已经一个人也没有了。在大象滑梯旁边立着一盏路灯,啪地一声突然点亮了。

我低着头,滴答——有一滴泪珠落在了我的膝盖上。

"小爱。是小爱吧?怎么了,一个人在这儿?"就在这时,我听见有人叫我的名字,于是抬起头来。

原来是小明,他穿着黑

色的夹克，两手插在衣袋里，正望着我呢。

"小明……"话一出口，我的眼泪又忍不住扑簌簌地滚落下来。

"嗯……还有这样的事儿。"坐在旁边的秋千上的小明，若无其事地说道。

把从昨天开始发生的一切都告诉了他的我，疑惑地盯着小明的脸："小明……你不觉得吃惊吗？"

"这个嘛，吃惊是有一点啦。不过这个世界上，不可思议的事儿，还多着呢。最近，我常这样想。"小明朗声说道，"有多大？手给我瞧瞧。"

我默默伸出手来。小明把自己的手掌贴在我的手掌上。就连和小明那粗粗大大的手比起来，也还是我的手要大出指尖儿那么一截儿。

"还真是呢，真大呀！不过，也没事儿。过不了多久，手就会恢复原状的。"

"你凭什么说得这么轻松啊？"

"可是，我就是这样觉得的呀，有什么办法呢。先不说这个，难得手变大了，哪有不好好利用的道理呀，你不觉得这才是更要紧的事儿吗？"小明开怀一笑，站起身来，拽着我的大手说:"走走走!"

"走什么走，去哪儿呀?"我就这么被小明拽着，跟着他跑起来。

离开公园，一边朝着商店街的方向的赶，小明接着说:"豆子。我有奖券，能拿到节分日①的豆子。"

豆子? 这么说来，今天的确是节分日呢。

"那边的便利店，搞了节分日优惠活动。我之前去那儿买东西时，得了奖券。在一个大箱子里，装了很多节分日的豆子。把手伸进去，能抓多少抓多少，全归你。"

像个捣蛋鬼似的，小明做了个鬼脸。听了他的话，我惊得目瞪口呆:"什么? 你的意思是……你就是为了用我这只大手，能抓更多的豆子，才叫我来的?"

小明欣喜若狂地点点头。

看着他充满期待的样子，不知怎的，我也有点跃跃欲试了。

没错呀。难得手变大了，哪有不好好利用的道理呀。

---

① 源于中国的日本传统节日，指立春、立夏、立秋、立冬的前一天。但主要是指立春的前一天。在日本，这一天有撒豆子驱鬼的习俗。

"快来试试吧！欢迎，欢迎！"

站在便利店门口的店长，一边搓着两手，一边招揽着顾客。

店长面前，有一个手推车，车上放着一个巨大的木斗。斗里装满了炒好的豆子。

一个年轻男子走上前来，把手里的一张红色的纸，也就是奖券，交到店长手中。店长接过奖券，把一个塑料袋递给男子，说道："给！手张大点儿！可要抓满满一把豆子哦！"

店长连装纸桶的袋子都准备好了。

年轻男子，和同来的朋友相视一笑，把塑料袋套在右手上，伸手抓了满满一把豆子，几乎都快溢出来了。然后又把这些豆子腾到另一个摊开的塑料袋里。

"谢谢惠顾！"店长大声致谢。

要说谢谢的，不是应该是顾客吗？我暗想。

"快！下一个就轮到咱们啦！快，上！"小明在我背后推了一把，把我推到前面。我点点头，从小明手中接过奖券，递给店长。

"好的。是小姑娘你来抓吗？加油哦！多抓点哦！"

对店长说了声谢谢，我对着桶里的豆子，猛地张开套着塑料袋的右手，顺势插入豆子堆里，使劲儿一抓。

看着我把抓到手的豆子腾到另一个塑料袋里，一旁的店长吃惊地瞪大了眼睛："小姑娘，你可真厉害呀！手可真大！能一下子抓这么多的人，还真是不多见呢。"

对着啧啧赞叹的店长，我爽朗地说道："我呀，就只有手大而已。"

店长嘴上感叹着："服了，服了。"一边把一个纸桶和一副鬼面具也顺带着送给了我和小明。

我和小明奔跑在商店街上，一路笑得前仰后合。一想到店长那惊讶不已的表情，就笑得停不下来。

"喏，你瞧，手变大了，也不全是坏事吧？"

我对小明重重地点点头。

"来，小爱，我们来撒豆子吧！"

对呀，不是刚得了一副现成的鬼面具吗？

站在公园正中央的小明，把刚得的鬼面具上的橡皮筋套在自己的耳朵上，戴好面具说："我来当鬼，小爱，你来撒豆子。"

话音刚落，小明就举起双臂，装成鬼的样子，嗷嗷地叫着蹦来蹦去。

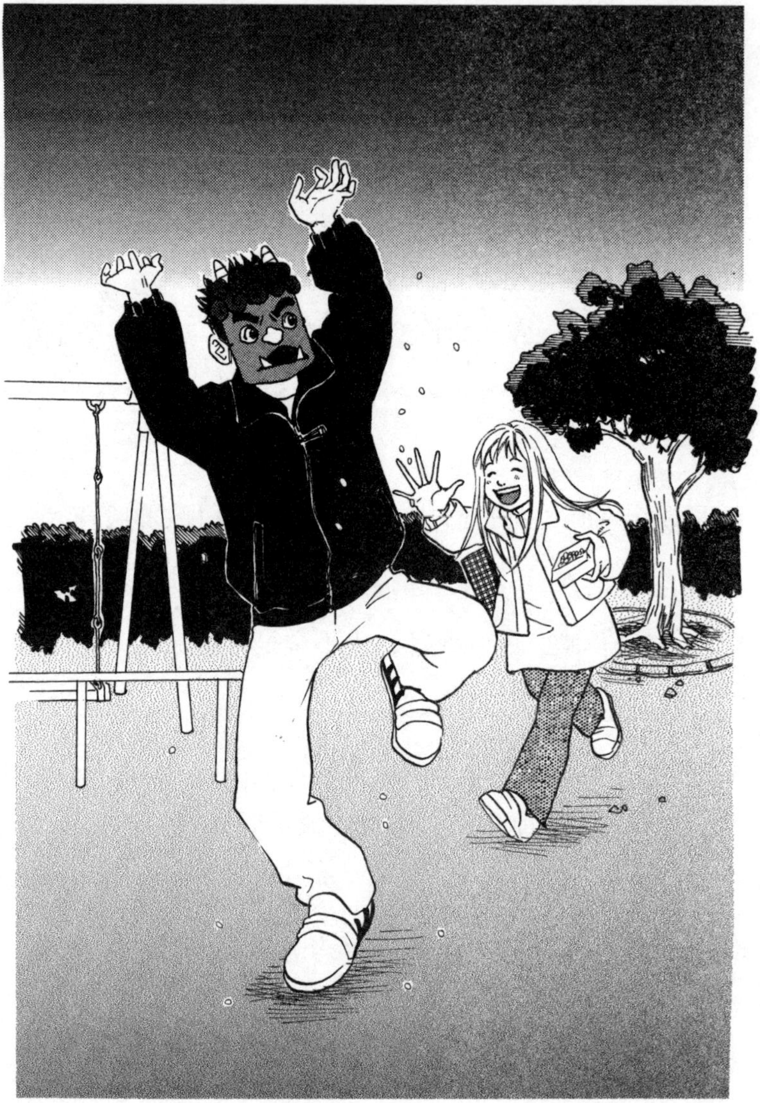

我把纸桶里的豆子抓一把在手里。公园里也没有别人，没什么不好意思的。

"鬼出去！福进来！鬼出去！福进来！"

我一边高声叫着，一边朝小明扔豆子。为了不把小明砸疼，我只是轻轻地、轻轻地扔。

"鬼出去！福进来！"

我一边撒豆子，一边想：鬼，究竟是什么？我心里的鬼，究竟又是什么？……

我的心思啊。明明是自己的身体，却连自己也不喜欢。小个子的自己真讨厌，我竟然会这样想。我的心思，才是真正的鬼呀。

滚出去，我这可恶的小心思，快滚出去。

不知不觉，泪水已从我的脸颊滑落。

"谢谢，小明……谢谢……"话说一半，我已经哭得说不出话来。

"呜呜，呜呜呜……"我低垂着头，用这双大大的、大大的手，不停地抹着眼泪。

还戴着鬼面具的小明，走到我跟前儿。

沉默着把手放在我的头上。

我的头顶，只有小明的大手碰着的地方，觉得暖暖

的，好像戴了一顶暖和的帽子。

第二天早晨，我从床上坐起来。被冷空气一激，不由得搓了搓手。

"啊！"把刚才下意识伸出的手，举到眼前，我怔怔地看着："手……已经变小了。"

从红色郁金香图案的睡衣袖子里伸出的双手，又恢复到以前的样子，是我熟悉的那双小小、小小的手。

"啊，恢复原状了……"

太开心，太开心，我反复把两只手挥了又挥、捏了又捏、搓了又搓。

真是太好了。不过话说回来，昨天还是大手呢，怎么就变回来了？是自己缩小了，还是被换了一双？……

我也觉得有点疑惑，不过，这些都无所谓啦！

小个子的我，就应该是小小的手，小小的脚。比例匀称，这就好。这就是常说的有多大脚穿多大鞋吧。

今天，我终于能够毫无顾忌地大声说"早上好"了。

早饭，也吃得特别多，把爸爸妈妈都惊得目瞪口呆。

今天的早饭主食是面包，于是我往玻璃杯里倒了满满一大杯牛奶，全喝完。没错，得快快长大呀。

背上双肩包，正要张口说"我出门了"，我在玄关被妈妈叫住了："今天早上看样子特别冷，小爱，穿上这件羽绒服再走吧。"

说着，妈妈把一件蓬松厚实的红色羽绒服递了过来。

"去年春天送去干洗店洗了，就一直放在衣橱里，今年冬天也忘了拿出来穿。"

我脱下刚穿上身的奶油色夹克衫，把一只手伸进羽绒服的袖子里。

"哎呀！"妈妈吃惊地叫道。

羽绒服的袖子怎么变短啦，我的手臂露出来一大截。

"小爱这孩子，不知不觉长大了呢，衣服也显小了。这可就穿不了啦，只能让给小花穿了。"

我不禁"啊？"地叫出了声。

我，不知不觉地，长大啦？

虽然不像其他小伙伴，个头猛地往上蹿，可是我也按照我自己的节奏，一点点地长大呢。

"呵呵，呵呵呵……"太开心，太开心，我不由得咯咯咯地笑出了声。

清晨的教室，走廊上传来火急火燎的奔跑声。

"早上好！"

"呼——总算赶上了。"

咣当一声，教室的前门打开了，风风火火冲进来的，是佐佐木志高、合田义则和小明的"差点儿迟到三人组"。

注意到早已坐在座位上的我，小明说了声："早上好！"

我也回他说："早上好！"一边张开双手朝他挥了挥。

小明也朝我挥挥手，"哟！"突然发现了什么，"你的手！"小明脱口叫道。我立刻用力地点点头。

（小明，我的手，恢复原状咯，你瞧！）

我再一次朝小明挥挥手，小明顿时喜笑颜开。

在一旁看着的义则说："什么情况？什么情况？两人互挥小手手，可有点不对劲哦。"说着还笑嘻嘻地捅了捅小明的肩。

"什么情况也没有。讨厌，吵死了！"小明用左臂把义则的头死死地夹在腋下，就像把他的头给锁住了似的。

"Give！Give！Give up！"义则立刻大闹起来，手舞足蹈地挣扎着。

我和在周围围观的其他同学，齐声笑开了。

当个男生真好。

虽然说不清楚，但就是觉得男生……小明，特别特别棒。

有这种想法，我还是第一次。

由美和诚实笔

我这个姐姐呀,都快二十分钟了,还一个人霸占着卫生间的梳妆镜。

我忍受着她手里的电吹风吹出的热风,鼓着一边的腮帮子刷着牙。

"我说,姐姐,差不多就得了。你看我连脸都没法儿洗了!"

"抱歉,由美。我一会儿就好。"嘴上虽这么说,可是姐姐捣鼓起她的头发,一时半会儿是看不到她有结束的意思的。

我用水龙头里流出的水弄湿双手,拍拍脸颊和额头,就算是洗了脸了吧。

初中二年级的姐姐,最近变得特别在意自己的穿着打扮。

最近又新学了个时髦词儿,是叫"晨浴"还是什么的。每天早上都用香波洗头，把头一晚睡乱的头发，用电吹风呼呼地吹上好久，精心地打理出个美美的发型。

早上刚洗了头就出门，也不怕感冒。

拜她所赐，人家可就连洗个脸都得费一番工夫了。井上家的早晨本来就已经够忙的了……

"由依她，还盯着镜子不肯走吧？好了，你就甭理你姐姐的事儿啦。由美你看，你的刘海也睡乱了吧？"妈妈说着，拿梳子理了理我前额的头发。

我把长发一分为二，右边的一半编成辫子，用红色橡皮筋扎起来。左边的辫子，则是妈妈替我编的。

"OK！瞧，编好啦！"在辫梢儿绑上红色橡皮筋，妈妈拍拍我的肩头，接着说："你姐姐呀，慢慢到了情窦初开的年纪啦。说不定，还有了喜欢的男生了呢。恋爱啊，恋爱。"

说着，妈妈咯咯咯地笑得肩膀直抖。

我厌烦地皱起了眉头，这都什么跟什么嘛！我可没兴趣。

妈妈看了一眼一直开着的电视，确认了一下时间，随即啪哒啪哒地加快了脚步："不行不行，这样妈妈可要迟到了。"

妈妈就这么穿着裤装西服，挎着一篮子洗好的衣物，急急忙忙朝阳台走去。

裤装西服，是妈妈的工作服。她自个儿呢，则常常称它为战袍。

妈妈在一家卖宝石、首饰和高档女性服饰的店里工作，职位是店长。

我家，是妈妈、姐姐和我，组成的三口之家。

爸爸，没有。好像在我两岁的时候，父母就离婚了。

我那时候还小，所以对这事儿没什么印象。从我记事开始，我家就是这样的三口之家。

因此，家里没有爸爸，好像是件再普通不过的事。我从来没有觉得，这个只有女生的家，和别的家庭有什么不一样。

我，井上由美的家，是只有女生的三口之家。可是，偶尔，也会变成四个女生。关于这事儿，别急，我接下来会慢慢告诉大家。

"好了，妈妈。我出门了！"穿上带帽粗呢短大衣，背上双肩包，我跑出了公寓的大门。

今天的第五堂课，是综合学习时间。同时，今天也是学英语的日子。

站在黑板前的佐伯京子老师，留着一头披肩长发。带卷儿的发梢，随着她问候大家时微微地颔首，在肩头拂来拂去："Hello, everybody（早上好，各位同学）。Nice to meet you（很高兴见到大家）。"

佐伯老师，环视教室一周，目光碰上我的，于是耸耸鼻子，给我递了个眼神儿。其他人都没注意。

我也眨了眨一只眼睛作为回应。

原来呀，M市立第一小学的英语教师佐伯京子老师，是我妈妈的妹妹。也就是说，是我的小姨。

我在学校一本正经地叫她"佐伯老师"，可是在家

里，我却叫她"小京"。因为我要是叫她"小姨"，她就会气呼呼地说："人家这么年轻，才不是什么阿姨呢！"根本不搭理你。

可是，我俩是姨妈和外甥女的关系这事儿，在学校可是保密的。要是不这样，也许小京的课就不好教了。

我嘛，也不想被人说，成绩好是因为得了姨妈的照顾什么的，所以也对谁都没说。

又年轻，人又长得美，小京很受学生的欢迎。能和这样的小京攀上亲戚，我心里也有点暗暗得意呢。

（佐伯老师，其实，可是我的小姨哟！）

想说却不能说，这是我心里的小骄傲。

打开英语教科书，小京说："今天我们学习如何向别人介绍自己的朋友。"说着，手拿粉笔，转身面向黑板："He is my friend（他是我的朋友）。I like him very well（我非常喜欢他）。"小京一边写着，一边用一口非常流利的英语说了出来。

我们也跟着小京，用结结巴巴的英语重复了一遍。

"好，看明白了吗？这里的'喜欢'，是作为朋友的'喜欢'，所以最好用'like'。而如果是恋人之间的'喜欢'，则应该换用'I love him'这种说法。"

听到小京说"恋人"这个词，班上的男生们，立刻有人"嘘——，嘘——"地吹着口哨，起起哄来。

此时，我看着小京的表情，不禁在心里暗暗嘀咕了一句："咦？"

要是平时的小京，一定会说："别闹！"批评这些男生的。

可是今天……小京却腾地红了脸，什么也没说。

而且，还仿佛在掩饰着什么似的，"咳咳"地干咳了两声，然后继续上课。

放学后，在回家的路上，我慢慢地走着。

脑子里，尽想着今天的小京有点怪怪的这事儿。

"……咦，什么啊？"我猛地一抬头，才发现总是一同放学回家的朋友远藤果林，正盯着我的脸看呢。

"发生什么事了？由美你，怎么心不在焉的？我刚才说的话，你一个字也没听进去吧？"

"啊？果林，你刚才说什么了吗？"

"咳！还有什么事儿？就是今年的情人节嘛，想问问你，打算怎么过呀？"

我诧异地歪着头："啊？什么怎么过？我什么打算也

没有呀。"

"是吗？这么说由美你，没有想要送给他巧克力的男生呀。"

"什么嘛，没有没有。这么说，果林，你有吗？"

被我这么一问，果林"呵呵呵"地意味深长地笑了起来："……不过说说而已，我也没有什么想送他巧克力的男生。只不过，今年我想着，要不要送爸爸一盒巧克力呢。"

其实，果林家也一样，好像在果林还很小的时候父母就离婚了，并没有爸爸。正是因为这一点和我家很像，所以我才觉得和果林格外地亲近。

果林是独生女，和妈妈两个人一起生活。

果林的妈妈，是著名的小说家远藤百合子，也是我十分崇拜的人。

"哦，是这样啊。果林是想送爸爸巧克力呀。"

"对啊。之前我生日的时候，爸爸他，送了我礼物呢。还说什么'这次可是十岁的重要生日，也算是成年一半了，所以特以此祝贺'。那礼物还是条银项链呢。是不是有点儿太成人化了？也许是爸爸不和我生活在一起，所以对我的事儿，一点儿也不了解。"嘴上虽这么说，果林还是一脸幸福的表情。

"原来是这么回事啊。这是好事儿呀。"我虽然极力提醒自己,可是还是能感觉到我说话的口气有点淡淡的。

和自己的爸爸从未谋面的我,尽管看到果林如此兴奋,可还是显得漠不关心。只是心想:哦,是吗?如此而已。

果林,却似乎什么也没察觉,还是一脸甜蜜的笑容。我,稍稍松了口气。

傍晚,从辅导班回来,打开了公寓玄关的大门。

玄关瓷砖地板的正中央,一双黑色长筒靴,一左一右一丝不苟地摆放着。

(啊,是小京来啦。)

果然没错,起居室的门内,传来了一阵咋咋呼呼的笑声。

"我回来啦。"

"欢迎回家,井上由美同学。"小京坐在餐桌前的椅子上没动,只是转过上半身来对我说。

因为她也配了一把大门钥匙,所以也没打声招呼就进了我家。这个小京,还在看电视上的搞笑节目,一个人在那儿傻乐呢。

"小京，你来啦？"

听我这么一说，小京立刻"啧啧啧"地咂着舌头，把一根手指头伸到眼前晃了晃，说道："不能叫小京哦。要叫佐伯京子老师。"说完还"哼！"了一声，把头一扬，一脸的假正经。

"可是，在家，不是该叫'小京'吗？"

小京也耸耸肩，笑了："好吧，算了算了。"

小京和外公、外婆三人一起，住在妈妈的娘家，离我们住的公寓开车只需十分钟。

小京来了，我真高兴，于是张开双臂从后面搂住小京的脖子，问道："嗯嗯，小京姨妈，今天好好玩玩再走吧。吃了晚饭，住一晚再走，是不？"

"别叫我'姨妈'，叫'小京'！哎呀，透不过气了，快放手！"小京在家总是故意扮黑脸，说话总是这样凶巴巴的。在学校，人家可是一直保持矜持端庄的美女老师形象哟。

她的这一面，似乎也是只有我一个人知道的秘密，我也觉得暗自得意。

小京"哎嗨哟"地喊了一声，一鼓劲儿站起身来：

"说的是呀,今天为了我亲爱的姐姐和可爱的外甥女儿们,我是不是该下厨做顿晚饭呢?好吧,就请由美你来帮厨。"

"太好了!"我兴奋地直拍手。

只有女生的三口之家,偶尔也会变成四个女生的家庭,就是这么回事儿。虽说常常这也不是那也不是的,摆摆臭架子,小京却总是有事没事来我家,住上一晚什么的。

只见小京匆匆走进厨房,毫无顾忌地打开冰箱,查看里边的储藏:"肉馅、鸡蛋……还有蔬菜。好了,今天的菜单有了!哎哟哎嗨哟京子风秘制碎肉鸡蛋卷,就是这个了!"

听到小京口中报出的这个怪怪的菜名,我真是立刻绝倒。我说,小京,你还算是个英语老师吗?

给小京打下手,在洗碗池前削着洋葱的当儿,姐姐回来了。

姐姐每天都要去网球社练习,回家比较晚。

姐姐走进起居室,看到小京和我正在准备晚餐,立刻喜笑颜开:"哇——小京,今天是你给我们做饭呀!

快、快，快点嘛，人家肚子饿得咕咕叫啦。"

说着，姐姐已经窸窸窣窣地在储备糕点的壁橱里找开了，不一会儿搜出一大袋薯片。

"唉！食欲旺盛的中学生，真是让人没办法。由依，吃太多，可要发胖哦！"

小京这么一说，抓了一把薯片正往嘴里送的姐姐，手突然停在了半空中。

我还以为，姐姐一定会和往常一样，一边说着："没关系。我可不在乎。"一边继续大吃大嚼呢⋯⋯可是她，居然，嘀嘀咕咕地把那袋薯片放回了壁橱。

嘴里一边念叨着："对，没错没错。要节食、要节食⋯⋯"姐姐回了自己房间，关上了门。

小京和我面面相觑。

"怎么了，由依这是？是不是有了喜欢的男生了？"连小京也这么说。

（总说男生男生的⋯⋯有什么了不起的嘛⋯⋯）

小京瞥了一眼突然沉默下来的我，继续做起了晚餐。

米饭已经煮好了，盛着碎肉鸡蛋卷的盘子也美美地摆上了桌。就在这时，妈妈刚巧回来了。

这也许就是恋爱

我不太会和男生打交道。不仅是男生，成年男人也一样，只要是男性我都不会打交道。岂止是不会打交道，直接说"讨厌"也不为过。

在学校也是，和男生几乎从不说话。除了必不得已的时候，也从不主动跟他们搭腔。

本来就是嘛，这些男生，粗鲁野蛮，没心没肺，而且还自以为是，尽是些蠢头蠢脑的家伙。

那还是幼儿园远足的时候。我们去了一个有小河，可以玩水的自然公园。在我带的水桶里，一个男生恶作剧地放了一只大牛蛙。我又恶心，又害怕，把水桶扔得老远，大哭了一场。

一年级的时候，课间休息时，我在音乐教室弹钢琴。有几个男生在周围跑来跑去，撞到了钢琴，把琴盖震倒了，直接压在我的两只手上。我的四根手指的指甲都冒出了血珠，疼得我直哭，可是那几个男生却一点也没在意。

二年级的时候，午休时间，我在校园里的攀登架旁边，和朋友聊着天。一个男生扔石子儿逗我们，正好砸中了我的左眼。之后的一周时间，我的脸带着伤口还肿得老高，简直像个僵尸。

三年级的时候，放学后，我正在单杠上练习前旋，被班上一个男生好一番嘲笑："哟——由美的内裤露出来咯！快看呀，是粉红色的内裤，露出来咯！"原本我还觉得这个男生有点小帅的呢。他到底是谁？这个我可要保密。

所以呀，男生这种东西，全都最讨人厌，最坏心眼儿！

我，井上由美，绝不会喜欢任何男生的！

我的话讲完了，谢谢！

继续说小京到我家来玩儿的那天晚上的事儿。

泡完澡从浴室出来的我，正要推开起居室的门，跟大家道声"晚安"。

只听见从屋里传来小京的声音，我握着门把手的手于是停住了。

"……可是，我就是喜欢他……我也不知道，该怎么办……"小京的声音微微有些颤抖。也许是在哭呢。

（小京她，有喜欢的人了。……真有点儿不敢相信。）

"可是，你再怎么喜欢，要是木村老师对你没意思，不还是没办法嘛……"这是妈妈安慰小京的声音。

因为太过吃惊，我整个人都僵住了。

这可不是什么不敢相信这么简单。小京喜欢的人，竟然是木村老师?!

担任四年级二班班主任的，那个，木村老师?!

我就这么全身僵硬地把手从门把手上移开，像个机器人似的四肢僵直地穿过走廊，回到自己的房间，关上了房门。

我本可以直接冲进起居室，向小京问个究竟。可是我做不到。

我隐隐觉得，自己不小心窥探到了大人们的秘密。

我咚地一声扑到在床上，对着枕头就是一顿拳头。

（可是，为什么呀？为什么小京喜欢的人，偏偏就是木村老师？）

我，讨厌木村老师。而且讨厌他的，还不止我一个。学校所有的同学中，喜欢他的人，应该比讨厌他的人要少得多吧。

木村老师，是一个刚当老师没几年的年轻老师。可是，不知为何总是神经兮兮的，总是动不动就骂学生批评学生，所以大家都怕他，都不喜欢他。

"木村老师，可真是个有工作热情的老师呢……"尽管妈妈们常这么说，可是孩子们不喜欢他，那也没办法。

这样的木村老师，到底哪一点好呀？

"到底是为什么呀！"

"咚——！"我对着枕头又是一拳，打得枕头都腾起了一阵飞尘。

第二天早晨，我起床的时候，小京早已经走了。

"小京她说，要先回家准备些东西再去学校，就先走了。"妈妈一边给我和姐姐准备早饭，一边说道。

"小京她，还好吧？"我还是不小心问出了口。

妈妈"啊？"地歪了歪头，诧异地回答道："好呀，当然好啦。你怎么会这么问呢？"

"没、没什么。就是随口问问……"为了掩饰过去，我塞了满满一嘴涂着橘皮果酱的吐司，腮帮子都鼓了起来。

刚到学校，我就在教员办公室的门口，遇上了木村老师。

真搞不懂为什么，偏偏就是在你心里一个劲儿祈祷着"别碰到，别碰到"的时候，就一定会碰到。人生还真是讽刺啊。

"老师早上好！"

"早、早上好！"

打过招呼，留神一看，才发现木村老师的身边，还站着同班的和田胜。

阿胜好像正在和木村老师谈着什么。

"那，木村老师，回头见咯。"阿胜对木村老师挥了挥手。

"好啊。随时再来啊。"说着，你猜怎么着？木村老师他、他竟然，冲阿胜笑了笑！

我和阿胜并肩走回教室，终于忍不住开口问阿胜。要换平时，在男生面前我可是从不开口的哦！

"我说，那个……你跟木村老师关系很好吗？"

阿胜"呵呵"得意地一笑，点点头："说是和木村老师，还不如说是和他的妹妹百合关系好呢。算熟人呢，还是朋友呢……说起来，应该是看同一个牙医的病友吧。"

"百合？"

"对啊。木村老师的妹妹。读初中一年级。"

阿胜说，他是在去治蛀牙的时候，在牙医那儿，和木村老师还有他妹妹百合认识的。（具体经过，请参考《长大后想做什么》的第二话。）

我实在太意外了，难以置信地直摇头。

"你别看木村老师那样，他也有温柔的一面呢，挺疼他妹妹的。"

是吗？这还真是够出人意料呢。不过，也正是因为太出人意料了，我不由得怀疑：真的假的？

再怎么听人说"有温柔的一面"，可毕竟那是木村老师啊。

是那个，对小京说什么"一点意思也没有"，让她伤心流泪的木村老师啊。

被誉为美女英语老师而颇受欢迎的小京,他真的一点儿也不喜欢吗?

即便是真的,也太伤人了。难得小京对他如此真情告白。

我抱着胳膊,心想:"嗯——这事儿,可得想点儿什么办法。"

正想着,刚巧小京从走廊那一头走了过来。

"佐伯老师,早上好!"

走在我前面的阿胜,立刻啪地一声立正站好,挺直了背,头一低说道。

"早上好!阿胜同学,由美同学。"这里是学校,所以小京若无其事地也给我打了声招呼。

"老师早上好!"我也一本正经地一低头回答道。

与小京擦肩而过之后,我还是忍不住回头望了望她。

小京正在和站在教员办公室门前的木村老师打招呼。

木村老师向小京轻轻一点头,一脸平静地朝另一个方向走了。

小京就这么站在原地,目送着木村老师走远。她的侧脸看上去显得那么落寞,我的心里不由得"咯噔"

一声。

我真想帮帮她……可是又不知道该怎样帮……

我眨巴着眼睛,为了小京的事而陷入了沉思。

"我问你,果林。如果,我是说如果,有了喜欢的人,果林你的话,第一步会怎么做呢?"我的话还没说完,果林的眼睛就已经瞪得老大、老大了:"不、不会吧!由美你,有喜欢的人啦?"

"嘘——嘘——别被人听见啦。"我紧张地环顾了一下教室。

正是午休时间,我们又待在教室的角落里。幸好,果林的惊叫声被男生们的打闹声掩盖了,谁也没有朝这边看一眼。

"有喜欢的人的,可不是我。那个,我姐姐,是我姐姐的事儿。"

呼——好险!也不知骗过她了没有。不过,姐姐好像的确是在谈恋爱,这倒是真的。应该没问题吧。

"什么嘛,原来是你姐姐的事儿啊。瞧我,还以为是一向讨厌男生的由美居然恋爱了,差点吓得晕过去了呢。"果林咯咯咯地笑起来,"那么你是说,你这个姐姐,遇到什么难题了吗？"

"嗯。听我姐的意思，她喜欢的那个人，却对她没感觉。你觉得该怎么办呢？"

"这样啊，还真挺可怜的。那，有没有用恋爱占卜，算算缘分呢？"

"恋爱占卜？"

"对啊。首先要算算和对方是否投缘。要是原本就没什么缘分的话，就算再怎么喜欢，这段恋情也没法顺利发展下去的。好像是这么个说法。"

原来如此。这就是恋爱占卜啊。说到关于占卜的书，好像姐姐房间里的书架上的确有几本。

"不过，话说回来，连姐姐谈恋爱的事儿都要操心，由美你，还真是姐妹情深呀。"果林感叹道。

"那是当然！"我胸脯一挺，心里却有点隐隐作痛。

我是身上总挂着钥匙的孩子，所以回到公寓，总是自己用钥匙开门。

这个时候，家里只有我一个人，是最好不过的机会了。

我连背上的双肩包都顾不上放下，就第一个钻进了姐姐的房间。

我在书桌旁的书架上,找寻着关于占卜的书。没记错的话,我之前的确在这里看到过。

爱读书的姐姐的书架上,书多得都快放不下了,却怎么都找不到一本关于占卜的书。

这时,从一直开着的房门,突然吹进来一阵风。

窸窸窣窣挪来挪去的书堆,顿时腾起了一阵灰尘,一不小心吸进鼻子里,立刻痒痒得不行……

"阿、阿、阿嚏!"

怎、怎么回事儿?竟然打了一个如此大的喷嚏,连自己都不敢相信。

面前的书,好像也被喷上了唾沫星子,我赶紧啪啪地用手擦着……咦?这不就是一本关于占卜的书吗?

(什么嘛,原来在这儿啊。)

不过,这本粉红色封面的书,却是我之前从没见过的,今天第一次见到。

"你的恋爱——一定会成功!"封面上还写着这样一句话。

(看样子,能派上用场。)

拿着这本粉红色的书,我回到了自己房间,赶紧坐到书桌前,打开书,翻到星座占卜的那一页。

小京,是处女座。木村老师,是水瓶座。

之前一月末的某一天,我曾听一个二班的同学提到过"今天是木村老师的生日。"

在"处女座"的那一页,我查找着和水瓶座的缘分如何。

"什、什么?……'你和他的缘分值是最高的。一定能成为绝配的情侣,绝对不会错。'……不会吧?怎么可能呢?不是说,对小京完全没意思吗?"

我不禁叫出了声。就像听到了我说的话似的,书上接着写道:"千真万确。你要是不信,请用这支'诚实笔'来证明看看。"

"笔?什么笔?他说的这支笔,在哪儿啊?"说着,我这才发现手中的占卜书,有微微隆起的地方。

打开一看,一支圆珠笔,夹在书页之间。

这是一支红色笔杆的圆珠笔,装笔的塑料袋上,写着"诚实笔"三个字。

"???"我目不转睛地看着,占卜书上,还十分详细地写了这支笔的使用说明。

"……把这支笔作为礼物,送给你的恋爱对象吧。一旦他用这支笔写东西，所写的文字不一会儿就会全变成他心里所想的那个喜欢的人的名字。快试试！这可是检验他的真心的好机会哦……

虽然书上催我"快试试"，可是……什么"诚实笔"，总觉得有点不对劲儿。也不知道信不信得过？

我把圆珠笔举到眼前，思考着接下来该怎么办。

第二天的午休时间。我拿着那支圆珠笔，一个人溜进了教员办公室。

说不清是为什么，我还是想把这支叫做"诚实笔"的圆珠笔，送给木村老师，试试看。

既然木村老师对小京一点儿意思也没有，那说不定有其他喜欢的女孩子。

如果能知道那是谁，也许对小京的恋爱成功有帮助也说不定。

单凭这支圆珠笔，也不知道能不能顺利搞定。不过，试一试也没坏处，不是吗？总比什么都不做要好吧。这就是我的想法。

木村老师的办公桌，在教员办公室的中央位置。我走近一看，木村老师并不在座位上。

四年级各班的班主任，都不在。也许在哪儿商量什么事吧。

看看木村老师的办公桌上，放着一本笔记本，正翻到空白的一页。

在笔记本上，正好静静地放着一支和"诚实笔"十分相似的红色圆珠笔。

我滴溜溜地转动着眼珠，四下一张望，确定没有任何人看见自己。

说时迟那时快，我迅速地将两支笔掉了个个儿。

把木村老师的圆珠笔紧紧握在手中，我赶紧出了教员办公室。

（怎么办，怎么办……）

我的心怦怦直跳。

（我竟然，干了这样的事儿，可怎么办才好啊？）

自己刚才的行为连自己都不敢相信。

还有，木村老师究竟在笔记本上写了什么字，我又怎样才能确认呢？

（瞧我，这是要想干吗呀。）

我越想，越觉得两颊发烫。

我深深地叹了一口气。

上课铃响了，第五节社会课开始了。

"各位同学，请打开教科书，翻到第八十三页。从今天开始，我们学习'地图的查阅方法'。"站在黑板前的

吉田老师说道。她的声音，在我听来，仿佛是从很远的地方飘来的似的。

我慢吞吞地打开社会课的教科书。

自从午休时间去了一趟教员办公室回来，我就一直心不在焉的。满脑子，都是跟木村老师的圆珠笔掉了包的，那支"诚实笔"的事儿。

接下来该做什么，该怎么做，我一点头绪也没有。

"……那么，请一位同学来读一读这一页的内容。田坂勇气同学。"勇气被吉田老师点到名，于是站起身来，开始读课文。

就在这时，传来一阵高声的尖叫，几乎完全盖过了勇气不太流利的读书声。

"咦？！"

"怎么回事，这是？！"

"哇呀呀？！"

尖叫声接二连三地，从隔壁的四年级二班传过来。

"发生什么事了？"吉田老师诧异地歪歪头，朝走廊的方向望去。

从二班的教室，叽叽喳喳的吵闹声还在不停地传来。

吉田老师说了句"我去二班看看"，就走出了教室。

我心里也七上八下的，不由得站起身来，紧跟着吉田老师追了出去。

"咦？连由美也去了？"

"那，我也去。"

"我也去。"

我这一领头，班上好多孩子都跟了过来。

二班，好像正在上算术课，可是教室里的同学们，全都拿着自己小测验的卷子，在七嘴八舌地吵嚷着什么。

"怎么写着佐伯京子呢？"

"你看，我的也一样。"

"每个人的上面都写着佐伯京子。"

"这，到底是怎么回事啊？"

"佐伯京子，就是教英语的佐伯老师吗？"

我"啊！"地大叫了一声，感觉全身血液都凝固了似的。

（这、这……怎么可能？）

二班的同学们手里的算术小测验的卷子上，竟然、竟然……

在本该写着总分的地方，全部用红色的字，写着"佐伯京子"！

二班教室前方的木村老师，只是张大了嘴巴，呆呆地站着。

这一切，难道，是"诚实笔"干的好事儿？……

一想到这个……我绝望地抱住了头。

吉田老师站在二班教室门口往里瞧，两手一摊说道："瞧瞧、瞧瞧。这个木村老师呀，是有多喜欢佐伯老师啊？连批卷子的时候，满脑子都想的是佐伯老师的事儿。不会吧？"

"什么？"听她这么一说，我心里又是一惊。这时，一声惨叫划过耳畔。

"啊！天啊！"

回头一看，走廊上呆呆站着的，可不就是小京吗？

小京，好像正在给三班上英语课。也许也是听见了二班的吵闹声，过来看看的。

看见写满自己名字的测验卷子，小京双手捂着脸，已经羞得满脸通红。

"哇啊——"

"哇啊——"

在大伙儿的喧闹声中，只有我一个人不知所措，慌张地左顾右盼。

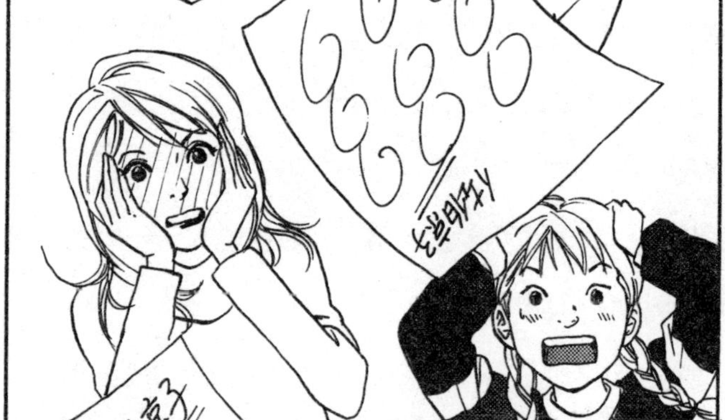
佐伯京子

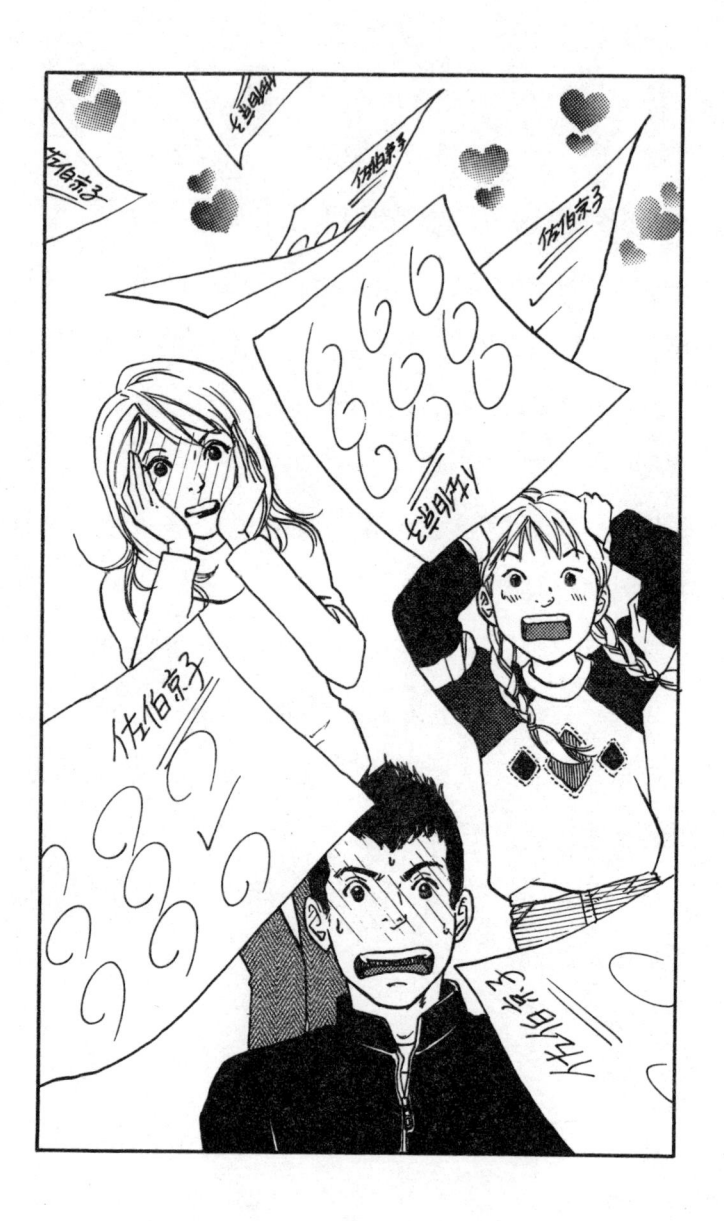

从那以后,小京和木村老师,就成了男女朋友。果然没错,其实啊,木村老师也是喜欢小京的。

据说,尽管察觉到小京的心意,木村老师还是不敢相信。那么漂亮的小京,怎么会喜欢上自己呢,他心想一定是自己哪儿弄错了。

所以说呢,觉得木村老师对自己"一点儿意思也没有",应该也只是小京的错觉。

木村老师对小京的爱慕之情,在所有孩子面前暴露无遗。这都是我的"功劳"。

当时,木村老师并不知道圆珠笔被掉了包,他当然认为自己在数学测验的卷子上,写的是考试的得分啦。

这些得分的数字,不知何时竟然全变成了"佐伯京子"这个名字,这一切在发还测验卷子之前,他丝毫没有察觉。

那天放学后,我打算去向木村老师道歉,于是拿着他的那支圆珠笔,去了教员办公室。

"那个,对不起。我把木村老师您的圆珠笔,和自己的圆珠笔……"我努力地解释着,一边搜寻着"诚实笔"的踪影。可是原本应该在办公桌上的"诚实笔",却怎么也找不到了。没有了"诚实笔",无论我怎么解释,在木村老师那儿也是说不通的。

木村老师只是说:"没事儿了,没事儿了。虽然不明白是怎么回事,但是多亏有了你的帮助,我不就等于在大庭广众下,来了一次真情告白嘛。"说着,他有点不好意思起来,整个脸都通红通红的。

我干的这事儿,也不知……是好事,还是坏事。不过,只有一点是肯定的,那就是几天之后来我家玩儿的小京,脸上挂满了幸福的微笑。

刚一打开公寓玄关的大门,一股巧克力的甜香就扑鼻而来。

我把上补习班背的书包放回自己屋,打开起居室的门。起居室的开放式厨房里,充满了巧克力的香味。

厨房里,带着围裙的姐姐,正一脸专注地搅拌着平底小锅里的东西。

"姐姐,我回来啦!"

"由美,你回来得正是时候。快帮我个忙,把这口大锅给按住了。"看样子,姐姐正打算把装有巧克力块儿的小锅，放在大锅里烧得滚开的水上，将巧克力融化了。

"挺烫的，小心点儿。"在姐姐的叮嘱下，我双手戴上隔热手套，扶住大锅。

"姐姐，什么呀，这是？"

"什么什么？当然是在做情人节的巧克力啦。"姐姐用一副再自然不过的口气说道。

（是吗。这么说来，明天就是情人节了……）

"男生啊，对女生亲手做的东西最没有抵抗力了。用这个，我一定，要把相川给拿下！"姐姐鼻子里"哼"地一声出了一口粗气。原来姐姐喜欢的人，叫"相川"啊。

"什么亲手做的？你不过就是把巧克力给融化了而已嘛。"

"这就可以啦。可不是融化后再凝固这么简单哦。这个里面，包含了我的浓浓爱意哦。"

说着，姐姐在融化了的巧克力酱里加了一点子奶油和砂糖，再倒进心形的模具里。

"把这个放进冰箱里凝固冷藏，充满爱意的巧克力就做好啦。"放好心形的巧克力，姐姐轻轻关上冰箱的门，接着说："等凝固好了之后，我再用软管挤出巧克力奶油，在上面写上我心里的话。"

姐姐面对着冰箱,双手合十,做出祷告的姿势:"拜托,拜托,保佑我一切顺利。"

"姐姐……"

"嗯?怎么了?"

我实在忍不住想问问她:"喂,为什么?为什么你会喜欢上男生呢?"

"咦?什么为什么?……"姐姐一边解着围裙,一脸疑惑。

"可是,你看,咱们的爸爸妈妈,刚开始,一定也是相互喜欢的吧?正是因为喜欢,才会结婚的,对吧?"

姐姐点点头:"没错啊。因为喜欢所以结婚,然后生下我和由美呀。"

"可是,曾经那么喜欢,后来却变得彼此讨厌,最后还离婚了。早知道会变得彼此讨厌,还不如一开始,就不要相互喜欢的好呢。"我一股脑儿把心里的想法全说了出来,"反正都要分手,还不如不要喜欢的好,还不如不要结婚的好。"

姐姐一言不发地凝视着我。

"男生什么的,我最讨厌了。我,绝不会,喜欢上任何男生的……"

话一出口,我顿时感觉一股热血涌上心头,直冲得眼里一阵发酸,快要流下泪来。

姐姐歪着头,扑哧一声笑了。

"大人的事,我也搞不太懂。明明因为相互喜欢而结婚,却为什么两颗心会离得越来越远,我也不明白。不过,有一点我是敢肯定的。"姐姐轻轻抚摸着我的头,"我也好,由美也好,都是爸爸和妈妈两个人共同的孩子。是带着他们的爱来到这个世界的。所以呀,直到今天,妈妈还是这么用心地在养育我们。"

我低下头,用力吸了吸鼻子。

"虽然你嘴上说什么'绝不会喜欢',可是我相信,不久的一天,由美你也一定会遇到一个非常优秀的男朋友的。"

"真的吗?真的会有那么一天吗?"

姐姐轻轻地点点头:"喜欢上一个人,是一件很神奇

的事情。一旦喜欢上某个人，光是想想他，整颗心都会暖暖的，感到无比幸福。"说这番话时，姐姐脸上露出了温柔而又甜蜜的笑容，"你会想要好好地珍惜你所喜欢的那个人，同时，也会想要好好珍惜自己这份真心喜欢某个人的美好情意。"

喜欢一个人，到底是一种什么样的感觉呢？对我来说，还一无所知。

可是，看到眼前的姐姐脸上的笑容，我也禁不住"呵呵呵"地笑起来。

我和姐姐两人，并排坐在起居室的沙发上。

我靠在姐姐怀里，姐姐则伸手在我胳肢窝挠起了痒痒。

"别挠了，好痒啊！"我咯咯咯地笑着，也回手挠起了姐姐，"我可不怕你！"

在我俩还很小很小的时候，我和姐姐就是这样打打闹闹的。还记得那个时候，我每天都粘着姐姐，像个小尾巴似的跟在姐姐屁股后头玩儿。

丁零当啷……

玄关传来钥匙开门的声音。

"我回来啦！"

这也许就是恋爱

跟往常一样，啪嗒啪嗒地趿拉着拖鞋，下班回家的妈妈走了进来。

妈妈嘶嘶地吸溜着鼻子，辨认着屋子里的香气。

"嗯？这好像是巧克力的味道啊。对啊，是为明天的情人节准备的吧。这么说，一定是姐姐做的，对吧？"

"欢迎回家。"我和姐姐你看看我，我看看你，异口同声地说道。

"妈妈我呀，肚子可饿坏啦。可是，也没人送我巧克力呀。所以呀，想要赶紧做晚饭，你俩也来帮帮忙吧？"

妈妈麻利地系上围裙，打开水龙头，哗哗地洗起手来。

"哎嗨哟！"为了给妈妈帮忙，我和姐姐一齐从沙发上站起身来。

"寿限无寿限无"

冬天，最讨厌了！

特别是这么寒冷的早晨，光是从被窝里钻出来，就好像要把所有的能力耗光似的。

再睡……五分钟……

再睡……十分钟……

这么想着，我蜷成一团钻进被窝，把自己裹得严严实实。

正在这时，有人一口气掀开我的被子，叫道："嘿！慎也，快，快起床！"

不是妈妈还能是谁？

立刻，我的身体遭到了冷空气的侵袭。

"呜呜呜，好冷！"

两臂紧紧抱住肩头，又把褥子裹在身上，裹得像个卷起来的垫子似的密不透风。如果要拿紫菜寿司卷来打比方，我就像块金枪鱼寿司。

可是妈妈她，就连这卷垫似的褥子，也毫不留情地夺走了："我可忙得很，才没闲工夫一大早就跟你闹着玩儿。"

在空荡荡的榻榻米上，只剩下一个滚作一团的，可怜兮兮的我。

而高高在上俯视着我的妈妈,眼神却是冰冷的:"快点!被子什么的,自己叠好!"

既然这样,我的事情,你就啥也别管好啦,啥也别管!

"瞧瞧!快去洗手间看看镜子吧。瞧你那头发睡的,真叫一个乱!就你这副德行,怎么会讨女生喜欢呢?"

我顶着昏昏沉沉的脑袋,刚准备换衣服,又听了一通数落。妈妈呀,你还真是什么都要严格要求啊。

有什么大不了的?管它头发睡乱不睡乱呢,反正怎么着我也不会讨女生喜欢的。

这一点,我早就心知肚明了。我从来没讨女生喜欢过。

不仅仅是女生,班上的同学们,恐怕谁也没有多看过我一眼。我就是这样,这么普通,这么平凡,这么不起眼的一个孩子。

被妈妈追着赶着好不容易换好了衣服,到

厨房一看，哥哥早已经起床了。

读初中一年级的哥哥，一身学生制服穿戴得整整齐齐，正咬着吐司面包片当早饭。

"早上好！"

"早上好，慎也！怎么弄的？瞧你这一头乱发！"连哥哥也嘲笑起我的"发型"来："这样的发型，可不讨女生喜欢哦。"

还真是母子俩，连说话的口气都这么像。这句话妈妈不是刚说过么？

"有什么关系？我又不是不知道，反正我本来就不讨人喜欢。"我一边赌气说道，一边一屁股坐到餐桌前的椅子上。

"说什么'反正我本来'，这话我可听不过去。自己看不起自己可是不行的哟。"

"对呀，慎也。你也是妈妈辛辛苦苦生下来的堂堂男子汉。不讨人喜欢？怎么可能？快了，快了，会有人喜欢的。"把一碗蔬菜杂煮汤放到我面前，妈妈也点头说道。

什么"堂堂男子汉"，亏她说得出口。自己长啥样儿，看看镜子，不就心里有数了么？

长得像爸爸，有点儿小帅气的，只是哥哥而已。

而我，却和塌鼻子大圆脸的妈妈，长得跟一个模子里刻出来似的。

只有腿脚利索跑得快这一点，也许是像爸爸吧。

可成绩不太好这一点……又是像谁呢……

走在上学的路上，刚从我家所在的花园小区走上主干道，就和好朋友上田保碰上了。

阿保是班上的学习委员，是个品学兼优的优等生。体育运动也相当在行，在女生中颇受欢迎。

仔细想想，如此优秀的阿保，怎么会和我这样的人成了朋友，还真是越想越想不通。

"喂，我问你，慎也，"阿保的声音有点激动，"情人节的巧克力，你收到了几个？"

"巧克力？"我反问道，这才想起来，昨天可不就是情人节么。

"既然你这么问，那阿保你，收到了几个巧克力呀？"

阿保挠挠脑门儿，说道："嗯……就……两个。"

这样啊，我暗暗松了口气。这样的话，跟我一样嘛。

我收到的巧克力，也是两个。一个是妈妈送的，还有一个是住在名古屋的奶奶用快递寄来的。

这两个巧克力,每年都能收到。

"你这两个巧克力,是谁送的?"

"一个是妈妈给我的。另一个嘛,也不知道是谁送的。红色包装纸上只写着'上田保收',放在我家的信箱里。至于是谁送的,因为没留名,也不知道。"

"啊?这么说,难道,不是人情巧克力,而是真情巧克力①?"

阿保嘴上说着:"这个嘛……"脸上却是掩饰不住的开心,还有一点儿小羞涩。

"哼哼,只不过,又不知道是谁送的,也没啥办法呀。是毒巧克力也不一定呢……"

我这么一吓唬他,阿保立刻说:"喂喂,可别这么说。那巧克力看上去挺美味的,再说我都吃了。"说着,还故意夸张地浑身一哆嗦。

---

① 在日本,在二月十四日白色情人节这一天,有女生送男生巧克力的风俗。不过,巧克力分两种。为了联络感情、融洽人际关系而送的巧克力叫"义理巧克力",本书译为"人情巧克力"。例如,同事、邻居之间,或母子、兄妹和姐弟之间送的巧克力。而真正送给自己喜欢的男生的巧克力,则叫"本命巧克力",本书译为"真情巧克力"。

"阿保——等等我——"

我和阿保闻声回头一看,不由得都停下了脚步。

从后面,啪嗒啪嗒一路小跑赶上来的家伙,是四年级三班的前川芳树。

芳树和阿保住在同一栋公寓,他俩从小就是好朋友。

好不容易赶上我们,芳树双手扶住两个膝头,哈哈地大口大口地喘着粗气:"阿、阿保,你……邮箱里的……巧克力……你,看到了吗?"

"什么?"阿保歪着头,一脸迷惑。

"昨天呀,班上的同学,还有表姐妹,都送了我好多巧克力……所以我,就匀了一个给你。"

"你说什么?"阿保顿时像泄了气的皮球,失望地耷拉着脑袋。

"那个巧克力,是我表姐送的。据说是很高级的巧克力品牌,所以我就想让阿保你也尝尝。怎么样,好吃吗?"

"你这家伙,既然这样,怎么也不事先说一声再给我?这种容易引起误会的事儿,怎么能干呢?"阿保夸张地一把掐住芳树的脖子。

而躲在一旁的我,早已笑弯了腰。

到了学校，走进教室一看，男生们都在谈论情人节收到的巧克力的事儿，正聊得热火朝天呢。

不过，大部分的人，都只收到了来自妈妈或者奶奶的巧克力，收到女生送的真情巧克力的，好像并无其人。

（什么嘛，原来，大伙儿都一样啊。）

这下，我彻底放心了。

"我说，阿保……"突然想到了什么，我开口问道。邻桌阿保正把教科书往课桌里放，抬起头来问我："怎么？"

"受欢迎,到底是种什么感觉?要怎样,才能成为一个受欢迎的人呢?"

"我还以为你要问什么要紧事儿呢……"阿保轻轻笑了两声:"这个嘛,首先当然是要长得帅啦!另外,哪怕一项也好,最好是有什么特长。比如说,擅长体育运动啦,学习成绩好啦。你看三班的芳树吧,一定有某种能唤起人的母性本能的能力。这小子,就是有那么一股可爱劲儿,让女孩子们不由自主地就产生想要保护他的感觉。"

呵呵,不愧是脑子好使的阿保,还真是什么都知道。

"真好啊,阿保你。学习成绩好不就是你的长处嘛。你看看我,啥——都没有。"

我一脸羡慕地说着,阿保却摇摇头:"怎么没有?慎也你也有呀!"

"我有什么?你倒是说说看。"

"喏,落语①呀,落语。你小子,不是喜欢说落语吗?"

---

① 落语:日本传统曲艺形式之一,起源于300多年前的江户时期。无论是表演形式还是内容,都与中国的单口相声相似。据说,落语的不少段子与中国渊源甚深。

"哦，落语……啊。"咳，我还以为是什么呢。说起来，我喜欢落语没错。

二年级的时候，我被同样喜欢落语的爸爸带去了曲艺场。第一次，身临其境地观看落语的表演，令我觉得既有趣又感动，从此以后我就深深地迷上了它。

在家时，也经常和爸爸一起，看落语名家的表演DVD。

可是，我从没想过，喜欢落语，还能讨女孩子喜欢。首先，我就从没听说过有哪个女孩子喜欢落语的。

"落语，就凭这……唉……"我叹了口气。

"这可说不准哦。"阿保晃着脑袋说，"你瞧，这次的校园文化品评会上，不就有落语表演吗？多好的机会呀！"

话是这么说，可是……下周的品评会上，有表演魔术的魔术师，还有正儿八经的落语表演家，都会来。计划表上这么写着呢。

"三乐亭五之辅"，虽然是个从没听说过的名字。

当然了，能在学校里听到落语，我还是十分期待的。

可是，这里面哪里有什么"机会"？我可一点儿也看不出来。

"比如说，给女生们，做做落语的讲解呀。又或者，搞个模仿秀，在咱们班的动员会上，来段儿'每每一段相声，痴言傻语，博君一笑……'之类的，嗯……这不是挺靠谱吗？"

阿保抱着胳膊，一副深思熟虑的样子，说道。

我只得无力地摆摆手，嘴上说着："不行，不行。"

尽管如此，我还是每天都满怀期待地等待着，能听到落语的品评会。就这么，终于，一周的时间过去了。

"慎也，今天你们学校是不是有落语会呀？"吃早饭的时候，爸爸在餐桌上这样问道。

"说不上是落语会啦，就是有一位正儿八经的落语表演家会来。"

听我这么一说，爸爸立刻说："这可不是件小事儿啊！那么，这位表演家，叫什么名字呢？"

"'三乐亭五之辅'，没听过哪个表演家叫这个名字，对吧？"

然而，爸爸却出人意料地点点头："嗯——我可知道哦。"

"三乐亭五之辅，是三乐亭庄之辅的第五代弟子。有一副好嗓子，却有怯场的毛病，之前经常说错词儿，所以一直是个没啥名气的表演家。这么说，他今天要表演的，是什么节目呢？"不愧是爸爸，知道得真多。

"学校发的计划表上，写的是《寿限无》。"

"原来是这个段子啊，对初次听落语的小学生来说，的确是再合适不过了。甚至可以说，是落语当中，最著名的段子也不为过呢。"说完这番话，爸爸深深地吸了一口气，张口道：

"寿限无寿限无，如五劫①之漫长，如海中沙水中鱼，如水流转云流转风流动，不愁吃不愁睡不愁住，如路边杂草草中杂果，如排坡国②排坡国，排坡国的国王西乌林刚，西乌林刚的王后古乌林黛，古乌林黛的大王子蓬坡可纳，蓬坡可纳的弟弟蓬坡可皮般长命百岁的长助。"

一气呵成！

我忍不住啪啪地鼓起掌来。

---

① 五劫：起源于道教，后来也被吸收进佛教的宏观时间概念。形容很长很长的时间。通常认为四十亿年为一劫。五劫则是五个四十亿年。
② 排坡国：传说中虚构的中国中原的一个小国。该国以人的名字长而著称。

爸爸刚刚念的这一长串，简直像是什么咒语或是经文一般的话，其实是人名。是落语中的，一个小孩子的名字。

——八五郎和他的老婆，好不容易得了一个孩子。夫妇俩为了给这男孩儿起个好名字而绞尽脑汁，最后还是决定求寺庙里的和尚给取个名字。

和尚将各种表达美好祝愿的吉利话儿串在一起，于是，就取出了这样一个啰里啰唆的长名字。

据说这个名字，是从珍贵的经书中挑出来的词儿连成的，和尚原本说只要从中选出自己喜欢的部分作为名字就行了。

可是，挑昏了头的孩子爹八五郎心想，反正都起好了，最终把整段话都做了孩子的名字。

——就是这么一个故事。

《寿限无》这则落语，正是因为这个啰里啰唆的长名字念起来噼里啪啦跟连珠炮似的，所以听起来特别热闹有趣。

寿限无寿限无……以此开头的这个长名字，我之前也跟爸爸学过，所以还记得。

"寿限无寿限无，如五劫之漫长，如海中沙水中鱼，如水流转云流转风流动，不愁吃不愁睡不愁住，如路边杂草草中杂果，如排坡国排坡国……"

一听我开口念起来，坐在一旁的哥哥也放下早餐的饭碗，跟上我的节奏，噼里啪啦地念叨起来。

父子三人一起张口、齐声开唱，立刻，被妈妈断然喝止："慎也！慎也哥哥也是！快别念那些废话了！赶紧给我把早饭吃完！"

我和爸爸你看看我，我看看你，吐了吐舌头。

"真的呢，你没取那么长的名字，真是太好了。要是你的名字也这么长的话，光是骂你，就要骂到太阳落山呢。"

一听妈妈这么说，爸爸赶紧一鞠躬，说道："表演结束，我先撤了，有请下一位……"

今天就是校园品评会的日子，预计午休一结束就开始。

各年级以班级为单位集合后，在班主任老师的带领下来到体育馆。

"去体育馆的路上,要尽量保持安静哦!"尽管吉田老师事先强调过,可是我们因为期待而难以抑制的兴奋,哪里是这么容易就能平静下来的?

叽叽喳喳、啪哒啪哒……奔跑的脚步声、碰撞声、笑声……我们满怀着逐渐高涨的兴奋之情,拥进了体育馆。

全校同学一个紧挨着一个在长凳上坐好,首先是校长致辞。

和开学典礼不同,校长致辞不一会儿就结束了,真是松了一口气。

每张长凳,有两个男生,两个女生,按四人一组来坐的。我的旁边坐着的,是井上由美。

由美这个女生,不太和男生说话。我也不记得我曾经跟她一起说过话。之所以坐在一起,不过是按身高来排序的。

和不太好接触的女生肩并肩坐在一起,又紧张又别扭,可是这也是没办法的事。

此刻,由美坐得端端正正,背挺得直直的,眼睛望着前方。

"……那么,各位同学,让我们用热烈的掌声,欢迎

第一个节目!"校长的致辞之后,大家一齐鼓起掌来。

品评会的第一个节目,是将绘本中的插画放大后用来进行表演的画板剧。而演出的剧目,是一个堕入地狱的名叫"曾兵卫"的男人的滑稽故事。

扮成黑衣人的叔叔们,在舞台上展开一幅幅如屏风一般大的图画,一边娓娓地讲述着故事。

专业演员的演出,就是不一样。标准的关东腔再加上姿势和动作,十分有意思。

我知道,这个故事,原本是上方地区①的落语里的故事,后来被改编成适合小孩子阅读的有趣的绘本。

"我真不愧是落语的发烧友。"

这个可只有我一个人知道哦,想到这里,我暗自得意,脸上露出了一丝微笑。

画板剧之后,是魔术师表演的,真正的魔术。

一个戴着黑色真丝礼帽的男人走了出来,从原本空空如也的箱子里,不断地拿出各种各样的东西。首先是花,然后是香蕉、足球……最后,当学校饲养小屋里养的小兔子蹦吉跳出来的时候,顿时赢得了满堂喝彩。

---

① 上方地区:指古都京都及其周边地区。

"神奇的魔法！"低年级的孩子们，一片欢腾。

……就这样，终于等到了最后一个节目——落语。

负责后勤的老师，还特意给每人发了一本写有落语表演家的名字的小册子。

小册子的首页上，用黑色的毛笔字写着"三乐亭五之辅"几个大字。表演的节目，自然是《寿限无》。

舞台上铺着地毯垫，上面放着一个厚厚的坐垫。

咚咚、咚咚……

太鼓的声音响起了。

我翘首以盼，不由得心怦怦直跳。

铮铮铮……

三味线的伴奏声悠然传来。

我们啪啪地鼓起了掌。

三乐亭五之辅先生闪亮登场啦。

舞台上，走出一个身穿浅褐色和服，外披深褐色短褂的男人，身材纤长瘦削。

五之辅先生在坐垫上正襟危坐，深深地一鞠躬。等他抬起头来，我才发现他看起来和爸爸差不多岁数。

"哟呵，瞧瞧，今天可真是实打实的满座儿呀。如此寒冷的天气，大家还特意移动尊驾，真是感激不尽……"

「三条亭五之輔」「寿限無」

一段轻松自如的开场白之后,五之辅先生再次低头致意。

五之辅先生口中所说的"座儿",是指观众的上座率的情况。而"移动尊驾",则是感谢大家特意赶来的意思。这是一种略带玩笑口气的表达谢意的方式。

咳咳——瞧我知道得多清楚。

"……老实说,我呀,在这么多人面前说话,生来还是头一遭儿呢。能不慌不乱、顺顺当当儿地说下去,自然是再好不过啦。好了,言归正传,今天要给大家讲的,是一个滑稽故事,名字叫作《寿限无》……"

五之辅先生侃侃而谈,洪亮的声音响彻整个体育馆。

爸爸之前提到过,他是一位容易怯场的落语表演家。可是,今天看来,却完全不是这样。

我像是被什么拽住了似的,身体向前伸得直直的,全神贯注地听着五之辅先生的表演。

"……哎呀,取个啥名儿好呢?俺叫八五郎,那就取个'九六郎'好啦……"

"哎哟,快别提了!孩子他爹,你取的这叫啥名儿啊?也太凑合了!"

五之辅先生忽而脸朝左忽而脸朝右,用两种不同的声音,分别扮演着八五郎和他老婆这两个角色。

那滑稽的语言和夸张的表情，时不时地就会引发一场哄堂大笑。

我原本是在专注地倾听着故事，却突然，好像发现了点儿什么。

五之辅先生，面朝前方讲故事的当儿，似乎有意无意地把目光投向我们四年级坐的这一片儿，转动着眼珠似乎在张望着什么。

那样子就好像在寻找着什么似的，让人不禁心生疑惑：莫非这也是什么特殊的表演技巧吗？

"……于是，就给孩子取了这么个长名字。不过，名字再长也得有个度。你比如说，常有老人家爱跟小宝宝

玩儿藏猫猫：'瞧，武哥儿，不见了，不见了，喵——'这个时候，这个叫'武哥儿'的小宝宝，一定立刻就会被逗得咯咯咯地笑起来吧。可是呀，咱们这个孩子，可就没这么简单咯……"

（快了快了，接下来就该是"寿限无寿限无……"这一段儿了。）

我不由得两手紧紧地抓住膝头，目不转睛地盯着五之辅先生。

"瞧，寿限无寿限无，如五劫之漫长，如海中沙水中鱼，如水流转云流转风流动，不愁吃不愁睡不愁住，如路边杂草草中杂果……"

五之辅先生滔滔不绝地念起了那个名字。刚念到一半，突然，我感觉到坐在身旁的由美，肩头猛地一震。那样子像是被什么东西吓了一跳，连我都不由得一惊。

怎么了这是？一边想着一边侧头一看，由美仍然保持着直视前方的姿势。

五之辅先生讲述的过程中，有好几次念到"寿限无寿限无……"这个名字。本来嘛，这个名字念得如何，正是体现落语表演家技艺高低的地方。

可是接下来这段时间，每当五之辅先生念到这个长名字，由美她，就会浑身一颤。

　　难得有机会听到这么有趣的落语，我却被搞得有点儿心不在焉。

　　（我说由美……你只管开开心心地听不就行了吗？真是个奇怪的家伙……）

　　"啊哈哈哈……"

　　"哇哈哈哈……"

　　体育馆黑压压地坐满了人，大家都笑得停不下来。

　　"……你说什么？我家寿限无寿限无，如五劫之漫长……长久命的长助这个傻小子，把别人家的孩子给打伤啦？这可不得了啊！……哎哟哟，对不住对不住，很疼吧？包在哪儿啊？……咦？怎么没看见有包啊？……"

　　"名字太长啦，等你念完，包都散啦！"

　　体育馆里立刻爆发出一阵雷鸣般的笑声。

　　五之辅先生从容地低头致意。

　　故事，已经讲完了。

　　本来，我是很想仔仔细细地听，好好地欣赏来着，可是都怪由美，一听到"寿限无寿限无……"这个名字就发抖，害得我老也静不下心来。

　　不过就算这样，还是能充分感受到五之辅先生的表演有多么精彩。

我和大伙儿一样,朝着舞台卖力地鼓起掌来。

又到了总结会的时间,站在教室前方的吉田老师,把眼镜片后面的一双眼睛眯成细细的两条缝,笑着说道:"哎呀呀,今天的品评会,还真是精彩绝伦啊。尤其是三乐亭五之辅先生的落语,简直棒极了!就连老师我呀,都笑得不行了,把肚子都笑疼了。"

教室里顿时七嘴八舌地说开了。

"我也是我也是!"

"我也笑得不行了!"

"没错,真是太搞笑了!"

"寿限无寿限无,如五劫之漫长……蓬坡可纳的弟弟蓬坡可皮般长命百岁的长助。"甚至还有人,把刚记住一点儿的长名字,自顾自地念了起来。不过,离完整背下来还差得远呢,不过是开头加结尾的部分而已。

坐在我前面的矢口豪,用手指着吉田老师的脸说:"老师,笑得太多,不光会肚子疼,皱纹儿也会增多哦!"

听他这么一说,大伙儿笑得更起劲儿了。

我一边笑着,一边用余光瞄了瞄由美。

由美却压根儿没有跟着大伙儿一起笑，而是两眼怔怔地看着某个地方。

总结会结束后，吉田老师对大家说："今天的品评会结束得稍晚，大家就赶紧回家吧。"

听了老师的话，大家纷纷做起了回家的准备。

刚一出教室，就看见校园的一角停了好几辆车。我心想，也许是今天来品评会上表演的艺人们坐的车吧。

其中，一辆黑色的大型房车的车门旁，站着一个男人。

那人穿着黑色系的夹克外套，头戴一顶黑色的棒球帽，帽檐压得低低的。哪怕是这样一身打扮，我也能一眼看出，他就是三乐亭五之辅先生。

一看出他是谁，我立马朝他狂奔过去。

"五之辅先生，请您、请您给我签个名！"我不禁冲口喊道，一边伸手到双肩包中摸索起来。

"签名？哦哦，好的好的。"被我突如其来的请求吓得愣了一愣，不过五之辅先生还是点点头答应了。

我将平日里用作备忘录的笔记本和笔袋里的黑色钢笔递给了五之辅先生。

"……四年级一班，小田慎也。你，是四年级的？"看到笔记本上写着的我名字，五之辅先生抬起头来。

"是、是的。我是四年级……"

"你，那么你，认识井上由美吗？要是认识，能告诉我吗？由美她，现在在不在学校？是哪一个孩子？能指给我看看吗？"五之辅先生认真甚至可以说是忘情地望着我的脸问道。

他那股子几乎是对我软磨硬泡的劲儿把我给震住了，我赶紧回头看向放学回家的人流。

校园里的单杠前，正有几个女生走过，由美正好就在里边。

"就是那个，穿水蓝色夹克外套的。"

顺着我手指的方向，五之辅先生定睛一看。

"那个，披着头发的，那个孩子就是吗？"

见我点了点头，五之辅先生就一直目不转睛地盯着她看，连眼睛都舍不得眨一下，直到由美走出校门才回过神来。

"……那、那个，由美她，遇到过什么事儿吗？关于由美的事情，你了解吗？"

也许是意识到自己问得有点唐突，五之辅先生只是淡淡一笑，摇摇头接着说："也没什么，不过是许久前认得她而已。请别告诉由美，我打听过她的事。……你想要签名的话，不管多少我都给你签。"

我还没弄明白怎么回事儿呢，已经下意识地点头答应了。

五之辅先生在我的笔记本上，签上了一个个大大的签名，直写了满满一页。签名非常漂亮，字写得遒劲有力、力透纸背，也不知道是用什么写的。

因为看到我在向他索要签名，校园里的其他孩子，也注意到了五之辅先生。

于是，五之辅先生立刻就被一大群索要签名的孩子包围起来，遭到了围攻。

而我，只能远远地站在一旁望着五之辅先生，他正在为每一个孩子都认真地签上名。

第二天一早，也不知是巧合还是怎么，竟然轮到我和由美一起值日。

每天的值日生，原本是按照各种不同的顺序而形成不同的组合轮流替换的，这一次是根据身高排序来和女生搭档。

（这也算是一种缘分吧，说起来……）

跟落语里的台词似的一句话，突然从我的脑子里冒了出来。

早上，刚一进教室，我就跑到由美跟前，跟她商量商量如何分工。

"由美。第一堂就由我来擦黑板吧。"

"嗯。"

"第一堂和第五堂我来擦。第二堂和第四堂呢，由美你来，怎么样？第三堂课是体育课，本来就不用擦。"

"嗯。"

光是我在说，由美只是点点头。

由美不太和男生说话，向来如此。

不过，一想到昨天品评会上由美的表现，我就忍不住格外在意由美的情况。

再加上，五之辅先生也很关心由美的事儿，还说什么，很久前就认识。

（由美……由美她，对五之辅先生的事，又知道多少呢？）

我满腹疑惑，不由得怔怔地望着由美那边，望得出了神。

突然，我的视线被一只胡乱挥舞的手掌给挡住了："喂，喂，慎也！你在看什么呀？哦，原来是由美呀。你小子，一直盯着由美看，眼睛都不眨一下。"

"对呀，直勾勾——的呢。"

村井纯和松田富藏，一边一个站在我身旁，使劲捅着我的肩。

"别胡说！"我也用手肘朝着阿纯和富藏的肩膀捅了回去。

虽说今天凑巧轮到我俩一起值日，可是由美仍然跟往常一样，只是一言不发地干着值日生的工作。

尽管如此,我俩还是在放学后一起留了下来,因为要把共同完成的今天的班级日志,送到教员办公室去。

吉田老师接过日志,说道:"好的,辛苦了。你俩回家路上都要多多注意安全哟。"然后微笑着目送我俩离开。

由美仍然一言不发,在我身后三步远的地方默默地走着。

刚走出校门没几步,突然从我身后传来由美的声音:"请、请问,慎也……同学……"

我于是停下脚步,转过身去。由美好像有什么话要对我说似的。

由美一副扭扭捏捏的样子,不停地眨巴着眼睛。让人明显感到,她有话想说,却不知该怎么开口……

"怎么了?有什么事吗?"见我一脸疑惑,由美终于吞吞吐吐地开了口:"那个……'寿限无寿限无',你知道吗?"

什么知道不知道的,还用问吗?不是昨天的品评会刚听过吗?

"慎也……同学你……"

"叫我慎也就行了。"

"慎也……你，对落语很了解吧？'寿限无寿限无'这一长段台词，你要是会的话，能念给我听一听吗？"由美这样说道。

我在心里嘀咕，严格说来，可不是"一长段台词"，应该是"一长串名字"才对哦。不过，算了，还是别挑人家毛病了。

正好我俩刚走到儿童公园的附近，于是就一边横穿过公园，一边聊了起来。

由美断断续续地向我讲述道："昨天，不是来了位落语表演家，给我们讲了落语吗？我……寿限无寿限无……这段话，应该是第一次听到才对，可是，不知怎么的，感觉有点怪怪的。"

我俩自然而然地在身旁的长椅上并排坐下，做好了

长谈一番的准备。

"感觉怪怪的？怎么个怪法？"

"明明应该是第一次听，却不像是第一次。感觉像是很久很久以前就听过，而且还听过很多很多次。"

"那个呀，是一则有名的落语段子嘛，所以你也许是在电视上或者别的什么地方听过，也没什么可奇怪的呀。"

听我这么说，由美坚决地摇了摇头。

"不，不对。我是记得的，寿限无寿限无这段台词。虽然不是全部，但是某些部分，我是记得的。"

都说了，不是台词，是名字才对！唉……

"而且，我还感觉是很久前，就在耳畔听到过呢。我觉得很奇怪，又想不明白究竟是怎么回事，于是就去问了妈妈：'您听说过三乐亭五之辅这个落语表演家，和寿限无寿限无这个故事吗？'可是，妈妈什么也没告诉我。"

由美有点懊恼地摇摇头。

"不管我怎么问，妈妈她，就只是这几句：'是吗，来了这么一位落语表演家呀？连妈妈我也没听说过呢。这么说来，学校寄来的计划表上的确是这么写的来着。那，落语有意思吗？'总觉得她是在装糊涂。我还问了姐姐，姐姐也说她不知道。"

"哦——是这么回事啊。"

嘴上虽然这么回应着，其实我更搞不明白。不过，看样子，五之辅先生也是认识由美的。我想，这里边，一定有什么内情。

"喂，慎也，寿限无寿限无这段话，你全都会说吗？"

"嗯，差不多吧。我全记得。"

"那，快教我吧。"

由美瞪大了眼睛望着我。

既然你这么说……于是，我深深地吸了一口气，刚一张口："阿——阿嚏！"

冲口而出的竟是一个喷嚏，而且，还是一个超级大喷嚏！

就在深呼吸的当儿，只觉得一阵风嗖地钻进了鼻孔，鼻子立刻一阵发痒，结果就打出了这么一个喷嚏。

身边的由美，咯咯咯地笑出了声，一边说道："前阵子，我也打过一个超大的喷嚏，可一点儿不输你这个哦。"

我故意咳嗽了两声，再一次深呼吸："寿限无寿限无，如五劫之漫长，如海中沙水中鱼，如水流转云流转风流动，不愁吃不愁睡不愁住，如路边杂草草中杂果，如排坡国排坡国，排坡国的国王西乌林刚，西乌林刚的王后古乌林黛，古乌林黛的大王子蓬坡可纳，蓬坡可纳的弟弟蓬坡可皮般长命百岁的长助。"一口气就说完了。

"好——厉害！"由美啪啪地鼓起了掌。

应观众的强烈要求，那么，就再来一个！

"寿限无寿限无，如五劫之漫长，如海中沙水中鱼，如水流转云流转风流动，不愁吃不愁睡不愁住，如路边杂草草中杂果……"

突然间，我发现有另一个人的声音和自己的声音重合在了一起。

"……如排坡国排坡国，排坡国的国王西乌林刚，西乌林刚的王后古乌林黛，古乌林黛的大王子蓬坡可纳，蓬坡可纳的弟弟蓬坡可皮般长命百岁的长助。"

熟悉的黑色夹克衫和棒球帽……是三乐亭五之辅先生！他是什么时候来的？

五之辅先生静静地站在长椅旁。

"由美，快看！是五之辅先生！……呃，怎么睡着了？"

我想叫由美看来着，谁知，她早已脑袋向一边耷

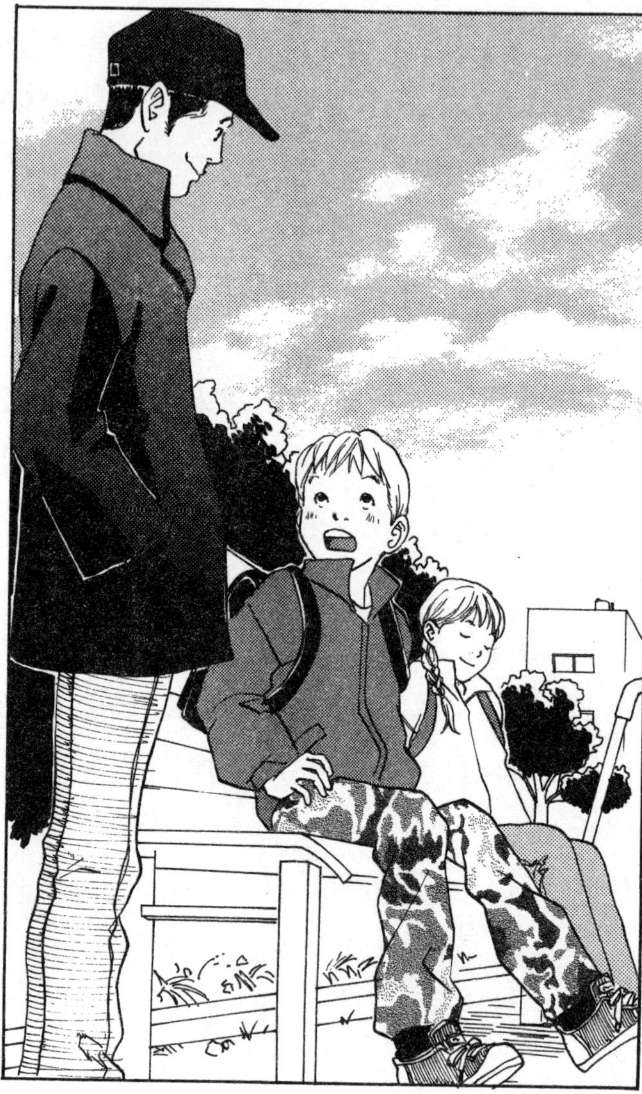

拉着,睡着了。脸上还浮现出淡淡的笑容,看样子睡得挺香。

怎么会?居然睡着了!我念的寿限无寿限无,难道还有安神助眠的功效不成?

我正打算叫醒她,五之辅却伸出食指放在唇边,嘴里说着"嘘——",阻止了我。然后,在我身旁轻轻地坐了下来。

"你一定很惊讶吧?由美她,其实是我的女儿。我曾经和由美的母亲结过婚。"

"什么?!"

这么一说,我倒是想起来了,由美家里的确是没有爸爸。是因为离异还是什么,具体原因我之前并不知道。

"由美两岁,她姐姐由依六岁的时候,我和她们的妈妈离了婚。那时候,我是个名不见经传的落语表演家,生活很是艰难。我俩的婚姻只剩下不停地争吵……"

真是这样的话,今天岂不是一次难得的父女重逢吗?真的不用把由美叫醒吗?

我不安地看了看由美,五之辅先生却点点头,似乎在说:"没关系。"

"不用叫醒她了。不要和孩子们见面,这正是离婚的条件。我们说好了，既然连婚都离了，那就要竭尽全力刻苦研习，在成为一个优秀的落语表演家之前，决不出现在女儿们的面前。这一次，偶然有机会到由美就读的小学来表演落语，我心里紧张得不行。同时，又充满了期待……心里想着，能以这样的方式，看看由美，哪怕就看上一眼两眼，也是好的……"

五之辅先生一脸温柔地凝视着由美的睡脸。

"由美还是个小婴儿的时候，我时常在逗她玩儿时随口念上几段儿落语，也算是一种练习吧。'寿限无寿限无……'这一段，好像特别讨由美的喜欢。我本来是当作摇篮曲念来着，她却不睡，反而咯咯咯地笑得格外开心。"

怪不得呢，原来是这么回事儿啊，我想着，不由得点点头。

"可是，这番话，你只对我说，不告诉由美……真的没关系吗？"

"没关系的。有人愿意听我说说心事，我已经很高兴了。"

"我这么个小孩儿也算？"

"是啊，已经足够了。再说，能够这么看着长大了的由美，对我来说，也已经足够了。"

"是吗？真是这样吗？……我不禁在心里嘀咕。

"话说回来，你这孩子，《寿限无》这个段子记得挺清楚啊。"

"对呀，我对落语十分感兴趣。因为我爸爸喜欢落语……"

"是吗？这是好事儿啊……"

我和五之辅先生聊了一会儿落语，聊得十分起劲儿。五之辅先生还告诉了我很多我以前所不知道的拜师学艺的情况。

拜入师门，成为弟子，在照顾师傅饮食起居等各种事务的同时，每天研习落语。

和由美的妈妈离婚之后，五之辅先生为了能成为一名更优秀的落语表演家，而拼命努力。

"说起来，学艺可是件很苦的事哦。不过，因为是自己喜欢的，宁愿放弃婚姻也要继续坚持的道路，所以尽管很苦，却从来没有觉得难以忍受，一次也没有。难以忍受的，唯有不能和妻子还有女儿们相见……"说这番话时，五之辅先生显得怅然若失。

而我，却只能，只能用崇拜的目光，仰望着五之辅先生。

"对了！你长大以后，也一定要努力成为一名落语表演家哦！"

看着用力拍拍我肩头的五之辅先生，我郑重地回答道："是！一定努力！"

也许是我说得太大声，由美"嗯——"地咕哝了一声。

"由美？"

由美不停地眨巴着眼睛，"啊哈——"伸了个大大的懒腰。

"我……怎么就睡着了？"

"是呀，由美。五之辅先生他……"

我一边用手指着一边回头一看……哎呀，五之辅先生不见了？！

五之辅先生，竟然消失了？！

明明刚刚还坐在我身旁的五之辅先生，竟然不见了。

难道是趁我看着由美那边的当儿，以迅雷不及掩耳之势撤离了吗？

我难以置信地歪着头。

"五之辅先生？昨天那位落语表演家？"由美也跟我

一样，疑惑地把头一歪。

"告诉你吧，我睡着的时候，做了个梦。正好就梦见了这个叫三乐亭五之辅的落语表演家呢。"

"不会吧?!"我惊讶极了。

"说起来，还真是个怪梦呢。五之辅先生这个落语表演家，不知道什么时候，竟然变成了我的爸爸。没可能的事儿嘛。而我呢，还是个蹒跚学步的小小孩儿，正被五之辅先生背在背上。而且，还就是在这个公园。五之辅先生就说着那段话，'寿限无寿限无，如五劫之漫长，如海中沙水中鱼，如水流转云流转风流动……'什么的，正逗我玩儿呢。我开心极了，咯咯咯地笑个不停。我就做了这么个梦。很奇怪吧，你说呢？真是个稀奇古怪的梦。"

由美呵呵地笑出了声，我也跟着笑起来。

（由美呀，这可不是梦哦。我想，应该是真实的记忆吧。）

差一点就说出了口，我也的确很想说，可是，我不能说。

因为五之辅先生叮嘱过："关于我的事，请你不要向由美提起。"还说过："在成为优秀的落语表演家之前，说好不会和女儿们见面。"

由美爽朗地说了一句:"不好意思。"然后,从长椅上站起身来。

"也许是因为睡了一觉吧,感觉格外地神清气爽,精神百倍。虽然我也不知道我为什么会睡着。"

我和由美相视一笑。

"回家吧!"

"嗯!回家咯!"

眼看天就快黑了。

我俩,一起迈步走上了回家的路。

就这样,时间来到了新的一周的星期一早上。到了学校,刚走进教室,由美就冲我走了过来。

"嘿,跟你说吧。"

"什么事?"正往课桌里看的我,闻言抬起头来。

"那个,昨天呀,妈妈跟我说了好多爸爸的事儿。"由美笑脸盈盈地看着我。

那张笑脸特别地可爱,我的心突然怦怦乱跳起来。

"听说,我的爸爸呀,还真是个落语表演家呢。只不过,还没出道,还只是个名不见经传的表演家。所以呀,好像正是为了要继续研习落语，才和妈妈离婚的。据说，是妈妈毫不留情地骂醒了他：'既然连婚都离了，那就成为一名优秀的落语表演家给我看看！'"

我一边听由美说着，一边在心中不停地点头：对呀，就是这么回事。

"我呀，爸爸说的寿限无寿限无，好像从小就是当成摇篮曲来听的呢，所以才会有印象。妈妈说，等爸爸成为了一名著名的优秀的落语表演家，他就会来见我们的。尽管不知道要等多久。不过妈妈说完这番话，就笑了。"

"啊，原来是这样啊。"我故作惊讶地回应着。

其实，在内心深处，我相信五之辅先生与由美母女们重逢的日子，已经并不遥远了。

还用说吗？能在体育馆里把大家伙儿乐成那样的落语表演家，谁敢说他不够优秀呢？

看到我和由美聊得这么起劲儿，班上的其他同学也凑了过来。

"哎呀！由美居然在和男生说话！"

"真的呢！可不是在和慎也说话嘛！"

义则和高志这个"义高二人组"，正指着我和由美一唱一和地说呢。

"真奇怪，怎么了，由美这是？"

连果林也这么说，一边疑惑地盯着由美。

由美扭头看看大家，反问道："有什么不对吗？"好像真不知道大家在奇怪什么似的，"我正在让慎也教我念寿限无寿限无呢！"

说着，由美朝我递了个眼色。

于是，"三、二、一！"我和由美倒数三下，齐声念道：

"寿限无寿限无，如五劫之漫长，如海中沙水中鱼，如水流转云流转风流动，不愁吃不愁睡不愁住，如路边杂草草中杂果，如排坡国排坡国，排坡国的国王西乌林刚，西乌林刚的王后古乌林黛，古乌林黛的大王子蓬坡可纳，蓬坡可纳的弟弟蓬坡可皮般长命百岁的长助。"

哈哈，成功了！而且，今天说得特别顺溜！

"哇哦！我也要学，快教教我！"

"我也是！"

"教我，也教教我！"

班上的同学们，一下子全拥了过来，把我俩团团围住。

"寿限无寿限无，如五劫之漫长……"

教室里顿时变成了寿限无寿限无的大合唱。

"这下可要流行了，准没错！"

我，笑了。

由美，也笑了。

莫明其妙的电话

不想去!

不想去学校!

一点儿,一丁点儿,也不想去!

躺在双层床的上铺,我两眼直直地瞪着天花板,满脑子胡思乱想。

本来嘛,为什么小孩子就非得上小学不可呢?

为了学习?

要是为了学习,在家看看资料,不也一样能学吗?再说还有补习班呢,另外,请家教也是个办法呀。

既然这样,我就不明白了,为什么每一天每一天,无论刮风还是下雨,甚至就像今天这么寒冷的日子,都非得去学校不可呢?

(寒冷的日子……是啊,我的心,也凉凉的。)

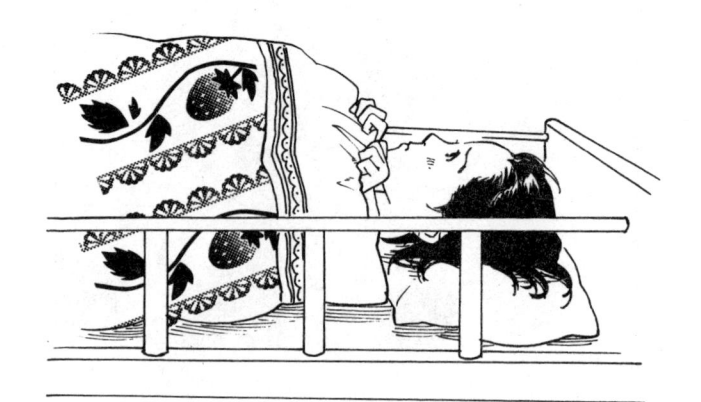

心里这么想着,我不由得"唉——"地叹了一口气。

咣当!

房间门猛地被打开了,妈妈走进了我们的儿童房。她右手还端着平底煎锅呢。

"明日香,你怎么还在睡呀?我还以为你早就起床了,在上厕所呢。人家隼人,可已经开始吃早饭了。"

我知道啦。弟弟隼人,刚才就换好了衣服,离开了房间。

"快快快,你也赶紧给我起床!"

妈妈向上伸长左手,想要把我的被子给掀起来。

我死死地抱住被子,突然大叫起来:"别别别!我就觉得冷,浑身发冷!"

"什么?"妈妈听我这么一说,住了手,"不会吧。感冒了?有没有发烧啊?这可怎么好呢?真是的!好像最近流感又挺流行的……你待着别动,等我一下!"

说着,妈妈走出了儿童房。一定是去拿体温计了,过不了一会儿就会回来的。

我又琢磨起来了。

如果发烧了,我是说如果,那就是生病了,就可以请假不去学校了。那么,也就不用和那家伙碰面了。

对呀，我得赶紧得上感冒。哦，不，最好是流感，听上去更严重，更像那么回事儿。

嗯……那么，怎样才能让自己发烧呢？

我紧握双手，屏住呼吸，"嗯嗯——"地浑身一用劲儿。

……不行不行，光觉得憋得慌，可身体并没有发热的感觉。

正哈哈地大口吸着气，妈妈回来了。

"快拿着！体温计。量量温度。"

我从上铺爬下来，接过体温计。顺势坐在隼人的床上，正打算量体温。

嘘——

厨房里，烧开水的鸣音水壶尖声大叫起来。

"来了来了。你自个儿把体温量好啊。"妈妈被水壶这么一叫，急急忙忙地赶回厨房去了。

我望着手中的体温计出了神。

（对呀，发了烧，就不用去学校了。）

也许是刚才隼人打开的吧，热风机正在房间的角落里，呼呼——地不停喷着热气呢。

我从盒子里取出体温计来，把探头对准热风机的热风。

只见体温计的显示屏上,数字在逐步地变化着。

(35……37……42.5……搞定!)

我在热风机前蹲作一团,迅速把体温计夹到自己的腋下。

就在这个时候,妈妈回来了。

看着我递过来的体温计,妈妈吃惊地瞪大了眼睛:

"怎么会?烧得这么高?"

又把手搁在我的额头上,妈妈疑惑地歪着头。

我当然只能装傻啦。

妈妈看看我,说道:"没可能烧成这样吧?来,再量一次!"

说着,重新把体温计插回我的腋下。妈妈的手碰到我的肩头,冰凉冰凉的。

滴滴、滴滴。

叫得正欢的电子体温计,被妈妈取了出来。

"多少?你瞧,36.2,我说什么来着。刚才那个,一定是哪儿弄错了。没发烧。打起精神,去学校吧。快、快,收拾收拾。"

被妈妈用手一拽,我站起身来。没办法,只好磨磨

蹭蹭地换下了睡衣。

蹬蹬蹬……传来一阵脚步声，隼人走进了儿童房："今天我值日，先走一步咯！"

我和妈妈正守着热风机，想暖和暖和。他跟我们说了一声，就急急忙忙地背上了双肩包。

比我小一岁，念三年级的隼人，永远像个活力宝宝似的浑身是劲儿。

（唉——你的活力，也分一点儿给我嘛……）

我正斜眼看着隼人走出房门，他却猛地一回头，大声说道："哈，姐姐呀，才没生什么病呢。是被男生甩了，正郁闷着呢吧。"

"隼人你！"

隼人也不接话，一溜烟儿跑了，只听见玄关传来的关门声。

"被男生甩了？"妈妈望着我，一脸的问号。

"才不是呢。这话您也信？肯定是隼人在开玩笑嘛。我才十岁，这么年轻，怎么会被男生甩呢……"

我哈哈哈地干笑着，搪塞了过去。

因为一直拖拖拉拉，我到学校的时候，已经有点晚了。走进教室一看，朝会已经开始了。

"哟，明日香同学。今天怎么迟到了？怎么回事？"正在讲台上点名的吉田老师，转头对我说。

"呵呵。差一点儿就得了流感，不过没得上，就迟到了。"我信口胡诌了个理由。

"是吗？明日香同学没能得上流感，老师我倒是挺高兴呢……"吉田老师疑惑地歪歪头，笑着说。

我一边朝自己的座位走去，一边用眼角的余光瞥了一眼窗边的座位。

（志郎……）

刚好和正望着我眨眼的志郎目光相遇。

（志郎这个大坏蛋……哼！）

我一赌气，把头一偏，移开了目光。

要说这事儿，还得回到昨天……昨天，也就是情人节发生的事。

放学后，回了一趟家，我拿着一盒巧克力做礼物，按响了志郎家的门铃。

志郎家和我家在同一栋公寓。我家是二楼的201，志郎家是三楼的303。

也就是说，我们俩，从出生那天开始，就住在同一屋檐上，是从小玩到大的好朋友。再加上只相差一岁的弟弟隼人，我们三个从小就在一起玩儿。

每年的情人节，作为友谊的表示，我都会送志郎一盒巧克力。已经成了一种习惯。

当然，并不是说把他当男朋友，或者是喜欢他，绝对没有这回事儿。说起来，只不过是想表达一种类似于"今年也请多多关照哦"这样的意思。仅此而已，可是、可是……

"给，巧克力。今年也要送给志郎你哦。"

看着我递过去的巧克力盒子，志郎缓缓地伸出了一只手。

只顾低着头，连看也不看我一眼。看起来好像有点不情不愿似的。

"什么嘛，我送的巧克力，你不想要是不是？"

志郎听我这么说，立刻抬起头来，一个劲儿地摇头。

"不、不是。谢谢。不想要……怎么可能嘛……"

"那你怎么这副样子？"

志郎微微张开口，好像想要说什么，却还是什么也没说，默默地低下了头。

"什么意思嘛！你有什么想说的，快说呀！"

"……"

看着一直低着头一声不吭的志郎，我顿时气不打一处来。

不由分说"咣当"一声关上志郎家的大门，回家去了。

蹬蹬蹬，连脚步声也听起来没好气儿。我走过自家的走廊，回了儿童房。

房间里，正在摆弄着一个个小而圆的塑料模型零件的隼人，目瞪口呆地望着我："姐、姐姐，你这是怎么了？"

"怎么了？你说怎么了！人家好心送他巧克力，志郎这家伙，竟然一副不太想要的样子！"

"怎么会呢？志郎哥得了巧克力，不是从来都欢天喜地的吗？"

"怎么会这样，我也不知道。……说不定，是人家讨厌我呢！"本来是赌气随口这么一说，可是话一出口，我自己也愣住了。

对呀，也许真是这样。或许志郎真的讨厌我，所以连我送的巧克力也不想要……

虽然我们是从小玩到大的好朋友，一直形影不离，可是升入四年级之后，的确不像以前那样常在一起玩儿了。

在学校，也不过像普通同学那样交谈，上下学也是各走各的。这么说起来，我已经好长时间没跟志郎说过话了。

"嗯——我还是去志郎哥那边看看吧。玩一会儿就回来。"

塑料模型就这么零零散散地扔了一地，隼人也不管，自顾自地出去了。

我生了一肚子的气，在书桌前的椅子上坐下，伸出手指，逗弄着摆在书架上的布娃娃娜娜的小脸蛋儿。

"娜娜,志郎他,那种态度真是过分,对不对?你说呢?"

——娜娜是去年暑假全家去旅行时,妈妈给我买的。

从我们还很小的时候开始,我和志郎两家关系就一直很好。暑假的旅行,也是两家人结伴开着车一起去的。

洗了海水浴,又住进了一家有温泉的旅馆。我记得我们还在旅馆的院子里开了烧烤派对,玩得开心极了。

娜娜,就是在那家旅馆的纪念品专卖店里买的。这个布娃娃有着一头深褐色的毛线做的长发,编成两条小辫儿。她的旁边,还有一个头戴蓝色棒球帽的男孩儿的布娃娃。他俩各自带着自己的名牌:"娜娜"、"小健"。

见我目不转睛地盯着看,妈妈就买下了娜娜,送给了我,还说:"挺可爱的,留作旅行的纪念,也挺好的。"

志郎的妈妈也说："哎呀，不错呢。那，咱家就买这个小健吧。这样一来，两家人一起旅行的美好回忆，就可以用他俩来见证啊。"说着，就把小健递给了志郎。

我还沉浸在暑假旅行的回忆中，这时，玄关传来了开门声，刚刚出去的隼人又回来了。他也沉着一张脸，气冲冲的。

"志郎哥说他不想玩。感觉他特别特别地打不起精神。到底是怎么了？姐姐你，都对志郎哥做了些什么呀？"

"我可什么也没做，也什么都没说啊。今年跟往年一样，我只是想送他巧克力而已。反正不过是人情巧克力，我以为他只要高高兴兴地收下不就好了嘛……笨蛋！"

"什么嘛，你可别冲我来呀。奇怪，姐姐，你不会是被志郎哥给甩了吧？"

"你说什么？！志郎、隼人，都是大笨蛋！"我狠狠敲了一下隼人的头，让你笑话我！

这就是昨天情人节发生的事儿。

爸爸、隼人和志郎，我的巧克力就只送了这三个人呢。谁曾想……

而且，还是我精打细算，用好不容易省下的零花钱买下的巧克力呢。谁曾想……

当然，也不是什么高级的巧克力。星期天，我和妈妈一起去了购物中心，情人节特设柜台那儿堆满了巧克力，我就是在那儿买的。

送给爸爸的，是威士忌口味的巧克力。送给隼人的，是做成怪兽样子的巧克力。而送给志郎的呢，是包着包装纸做成足球样子的巧克力……

犹豫再三，精挑细选，费了好一番工夫我才选中这三盒巧克力。谁曾想……

谁曾想，却看不出志郎有一丁点儿开心的样子。

瞧他这副不开心的样子，我可不想见到他。所以今天才会千方百计不想去学校来着。

课间休息时间。教室里的同学们，都在讨论着昨天情人节送巧克力的事儿，聊得热火朝天。

尤其是男生们，你一言我一语地说着谁收到了几个巧克力，暗暗较量着谁收到得最多。

"真的吗？我就只收到了两个呢。而且，还是妈妈和姐姐送的。"说这番话的，是正晃动着圆乎乎的身子的富田俊树。俊树身边的山下俊平，却笑而不语。

"笑什么笑!那俊平你,都有谁送了你巧克力呢?"

被俊树这么一问,俊平故弄玄虚地回答道:"保密!不告诉你。"

"什么嘛!俊平,快说嘛!"

"好了好了,我说。妈妈和……公寓里住我楼下的女孩儿。"

"什么?真的假的?"周围的男生们,立刻大声嚷起来。

"也没什么大不了啦,只是个还在上幼儿园的小女孩儿而已。"

"唉,原来是这样啊!我说呢!我们这几个,哪有这么受欢迎啊。"

"不过,听说小明好像收到了班上女生送的巧克力哦。"

"是吗?那是谁呀?"

"这个嘛,听说有人亲眼看见的,我也是听说而已,不太清楚。"

"真好啊,有人送巧克力。我也想收到好多好多巧克力,就算吃到长蛀牙也不后悔!"

冷眼看着闹腾成一片的男生们,我在心里说:傻不

傻呀你们?

这时,志郎走入了我的视线,我慌忙把目光移开。

只见他默默地从闹得正欢的男生们中间抽身离开,朝教室外走了出去。

(哼!昨天送了你巧克力,连声谢谢也不说!)

我朝着志郎的背影,做了一个愤愤的表情。

到了第二天。

放学了,我收拾收拾准备回家,刚走出教室来到走廊上。

就在这时,眼前的一切让我不禁呆在了原地。

通向二楼的楼梯下,原田美奈子和志郎,正面对面站着。

(怎么会?怎么会?志郎他……和美奈子?)

志郎并没有注意到一旁的我。尽管如此,我还是紧张得心怦怦直跳。

特意跑到走廊上来,这两个人,在聊什么呢?

据说是幼儿园的时候才从大阪搬来的美奈子,一个满嘴关西腔的女孩子。

不过,却是个百里挑一的大美人。而且,她又完全不把自己的漂亮脸蛋当回事儿,一点儿架子也没有。所以大家都喜欢她。

(难道,志郎他……也喜欢……美奈子?)

我满脑子都是这个问题。

我这是怎么了?

这种感觉,算怎么回事儿?

难道、难道……这种感觉……

是吃醋?

不要!我才不要!

我背过身去,朝着相反的方向狂奔着通过走廊,跑到另一边的楼梯口，一个人回了家。

公寓的大门在身后哐当一声重重地关上了。

我怒气冲冲地穿过走廊，踩得地板咚咚直响。

"哟，明日香。今天回来得挺早啊。隼人还没回来呢。"

在厨房的洗碗池前正洗着什么的妈妈，漫不经心地抬起头来。

我也懒得搭话，只小声地说了一句："我回来啦。"

"明、明日香……"

妈妈好像还有什么话想对我说，可是我充耳不闻地钻进了儿童房，把门一关。

咚地一声在书桌前的椅子上一屁股坐下，动静太大，震得书架上的娜娜滚落了下来。

"讨厌！连娜娜你也跟我捣乱，真是的！"

我捡起娜娜胡乱放回书架上，就在这时，突然觉得一阵风嗖地钻进了鼻孔，于是用食指使劲揉一揉：

"阿——阿嚏！"

竟然打了个喷嚏！

还是一个超级大超级大的大喷嚏！

"糟糕！嗓子，有点疼。"

我仿佛觉得娜娜在盯着我笑似的，于是伸出手指逗弄了一下她的小脸蛋儿。

也许是因为打了喷嚏，嗓子感觉也有点不对劲，我于是来到厨房打算喝点什么。

还在厨房忙碌的妈妈，回头看了看我。

丁零零、丁零零……

电话响了。就站在一旁的我，很自然地拿起了听筒。

"您好，这里是神田家。"

"那……那个，是明日香同学吗？"

电话的那头，传来了一个非常动听的男孩子的声音，简直就像是动画片里的男孩子才有的声音。

"是的，我是明日香，请问？"

"啊，那个、那个……"那个动画片似的声音反反复复就是这几个字，却又传来了开门关门的声响。听上去，跟我家的门发出的声响很像。

"到底有什么事？请问，你到底是谁……"

我话没说完，对方就咔嗒一声挂断了电话。

"什么嘛，这是？莫名其妙的电话。究竟是怎么回事嘛！"

我把听筒往电话上几乎是用力一砸，一回头，却遇上了妈妈审视的目光。

"'究竟是怎么回事嘛！'这正是我想问你的呢。明日香，你这两天怎么火气这么大？你说话口气这么冲，把人家吓一跳，人家不挂电话才怪呢。"

被妈妈这么一说，我低下头，咬住了下嘴唇。

口气冲……也许，妈妈说得是没错。

"让我说你什么好呢？明日香，你性子也太急了。总是因为一点点小事，就气昏了头。"

"可是……"

"瞧你，腮帮子还是气鼓鼓的呢。"

没错，我一直揣着一肚子火没处发，显得心焦气躁。

可是，送巧克力时志郎那种态度，可不是什么"一点点小事"啊。我不过是因为没搞清楚事情的缘由，才不能对妈妈说的。

啊——受不了啦！

心里烦透啦！

难道，我本来就是这样一个讨人厌的性格吗？

我本该是个更简单、更善良的孩子才对呀。

讨厌。

这样的自己……真令人讨厌。

早上，刚到学校，在进入教室前的走廊上，我被美奈子叫住了。

"等等，明日香。我有点事想问你……"

"问我？……什么事？"

美奈子拉着我的手，把我拽到走廊的一角。

这就是昨天放学后，单独和志郎讲过话的美奈子。说实话，其实是我想问问她，你俩都聊了些什么呀。

美奈子凑到我耳边，轻声说道："明日香，你觉着不？志郎他，有点不对劲啊？会不会有什么事啊？"

"不对劲？怎么了？"

"昨天,志郎跟我打听来着:'大阪是个怎样的地方呀?'我就跟他说呀,'大阪那地儿,可好着呐。'替大阪做了好一通宣传……"

"大阪?"

"嗯哪,就是大阪。"美奈子歪着脑袋一边思量一边接着说,"'要说好吃的,那也是超多哦。'我就数给他听嘛,有烤串儿、杂样煎菜饼、葱香煎饼、章鱼小丸子、墨鱼小丸子、煎猪肉丸、烤鱼片、回旋烧烤……"

的确听起来很美味,可这些跟志郎有什么关系嘛。看样子,美奈子还打算把大阪的名小吃继续数下去,我赶紧捅了捅她。

"行了行了,我说,为什么会是大阪呢?他怎么就会突然向美奈子你打听大阪的事儿呢?"

"说的是啊,这我可就不明白啦。我心里不也犯嘀咕么,就问他说:'你为什么要问大阪的事儿啊?'结果,你猜怎么着……"

"怎样?他怎么说?"

"志郎他呀,哭丧着一张脸,耷拉着脑袋,冷不丁地摇摇头,一声不吭地就没精打采地走掉了。"

"什么?这是什么意思呀?"

"谁知道啊。不管怎么问，他就是什么也不说。这不，我琢磨着，明日香你跟志郎关系好，说不定能知道点儿什么。"

"不知道，我也一无所知。再说，其实……我跟志郎也没你想得那么要好。"

"是吗？你俩不是挺好的吗，明日香？再者说，又一直住在同一栋公寓。在学校，不也经常打打闹闹的么？对不、对不……"

美奈子故意逗我似的，捅捅我的肩膀。

我心虚地干咳两声。怎么回事，谈话的内容怎么越来越不对劲儿了？眼下，我可没工夫跟美奈子说相声。

"那么，我还是去问问志郎吧。弄不明白的事，只有直截了当地问清楚才行啊。"

"嗯哪，说得在理。"

美奈子点点头，我俩一起走进了教室。

四年级一班的清晨的教室，永远是这么嘈杂喧闹。黑板前，一群男生正咋咋呼呼地唱着偶像的歌，而志郎，就站在一边儿。

"志郎。"

志郎带着满脸笑容朝我转过头来，可一看见是我，脸上的表情立刻变得紧张起来。

"我问你，为什么是大阪？"

听我提到"大阪"，志郎立马吃惊地张大了嘴。

一旁的美奈子小声咕哝了一句："算是服了，的确是够直接！"

"为什么，你会找美奈子打听大阪的事儿？"

听我这样问，志郎只是默默地摇摇头。

"……并没有什么为什么……对了，明日香。那、那个……前天，多谢了。"

"什么嘛，现在才说什么谢谢。你不想要，还给我好啦！"

"不想要？我什么时候说过我不想要？"

"那，你那种态度是什么意思？"

"所以嘛……跟你道个歉。我这不是……跟你说谢谢了吗？"

"现在才说，晚了！"

"那好，那我不说了。"

"不说是不是？那还给我！"

"为什么我非得还给你？再说了，我早就吃光了。"

事情怎么会变成这样？心里虽这么想，可还是忍不住和志郎你一句我一句地拌起嘴来。

我一赌气，把头拧向一边。

插到我和志郎中间的美奈子，啪啪啪地拍了几下手。

"得了得了。两口子吵架，差不多就得了。"

"才不是两口子呢！"

"才不是两口子呢！"

我和志郎异口同声地说道。

丁零零、丁零零……

恰好就在这个时候，早上的上课铃响了。

在学校这一整天，我都没朝志郎看过一眼。志郎也没来跟我说过一句话。

事情怎么会变成这样？我压根儿想过要跟他吵架

的……这是怎么了？

越想，越觉得难受。

我今天，也是一个人回的家。

玄关的大门是锁着的，于是我从双肩包里掏出自己的那把钥匙，打开了大门。

我想起来了，妈妈说过的，今天要带隼人去什么地方。

我自己做主，拿了姜饼和橙汁当下午茶。

没办法，还是先把补习班的作业完成吧。这么打算着，我从厨房的餐椅上站起身来，这时——

丁零零、丁零零……

电话铃响了。

"你好，这里是神田家。"

耳畔的听筒里传出一个声音："请、请问，是明日香同学吗？"

又是那个动画片里的声音。跟昨天打来的那个骚扰电话里的声音一模一样。

"我是明日香。你是谁？"

"那个，有关志郎同学的事，我想跟你谈一谈……"这个不知道主人是谁的动画片里的声音，继续说着，"听说，志郎同学一家，要搬家了。由于他爸爸工作上的需要，要调到大阪去。所以，春天一到，他们全家都会去大阪的。"

"什么？这是真的吗？"

"是真的。正是因为如此，志郎同学他，才会深受打击……"

爸爸调动工作……

搬到大阪去……

志郎……志郎他……要走了？！

我把听筒一扔，夺门而出。

脚上趿拉着拖鞋，我啪啪啪地踏着公寓的楼梯向上爬。

303室。丁零零、丁零零……我不停地按着志郎家的门铃。

"志郎！志郎！"我试着喊了几声，可是门内并没有人答应，也没有人来开门。

（家里，没人……）

唉——我沮丧地叹了口气，缓缓转过身，朝楼梯通道走去。

"明日香。你在干吗？"

站在我面前的,正是志郎。手上,还拎着一个塑料袋,里边装着炸薯片和饮料瓶。

我恨不得上前一把揪住志郎,问个究竟:

"志郎,你真的要搬到大阪去吗?"

听我这么一说,志郎"啊!"地叫了一声,变了脸色。

"明日香你,是怎么知道的?"

"刚刚我接了个电话。虽然不知道是谁打来的,可是他跟我说:'志郎同学一家,好像要搬家了'。我问你,是真的吗?这是真的吗?"

志郎无力地垂下被我紧紧拽住的两只手,低下头来。

"对不起……连我自己都接受不了,所以不敢跟你说。"

"这么说,果然是真的了?"

志郎轻轻地点点头。

"前天,我收到你送的情人节巧克力的时候,我刚从妈妈那儿知道了要搬家的消息。可是,我不敢跟你说。总觉得,只要一说出口,这事儿就变成真的了。只要一天不说,就总还有什么转机。可是……明知道这是不可能的,明知道,搬家已经是铁板钉钉的事……"

志郎，要搬家了。要离开这栋公寓了，也要离开学校了。

大阪……原来如此，所以他才会向美奈子打听大阪的事啊。

"不过，给明日香打电话，这到底是谁干的？搬家的事，我应该从没跟任何人提起过。"

志郎从夹克衫的衣服口袋里掏出钥匙，打开了房门。

"进来吧。不过妈妈和哲也都不在。"

我，像是有一只无形的手从背后推着我似的，走进了志郎家。

"……阿姨和小哲，去哪儿了？"

"嗯，说是为了做入园的准备工作，出门了。看样子，得赶紧找一家大阪的幼儿园。"

小哲，是志郎的弟弟。现在读幼儿园的中班，所以来年的四月份还得继续上幼儿园。

是吗。看来，搬到大阪去，已经是真的不能再真的事实了。

"我买了薯片当零食，明日香你要吃吗？"

先我一步迈进屋的志郎，突然"咦？"地叫了一声，停下了脚步。

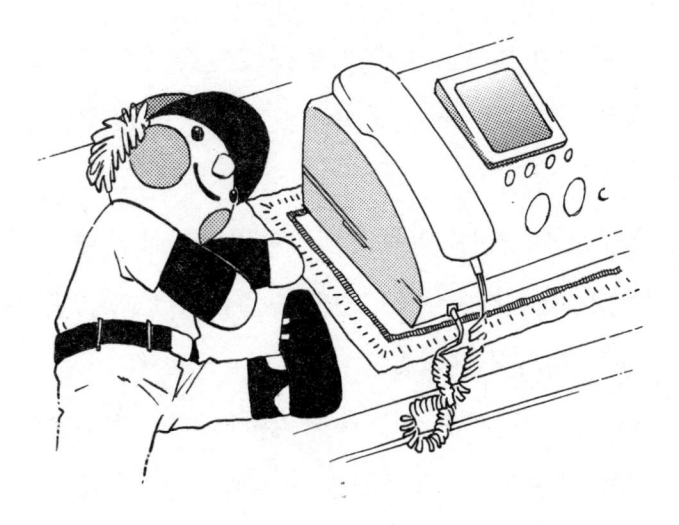

志郎家，饭厅的入口处放置着一个斗橱，上面放着电话。

只见布娃娃小健倒在电话的一旁。

"昨天也是这样。这家伙，什么时候跑到这里来了？昨天，我一回家，也看到他倒在这儿。我明明记得我把他放回屋里去了，怎么又……会不会是小哲拿出来的……"

志郎疑惑不解地拿起小健。

"志郎……"

志郎转头看看我，突然笑了。

"昨天我跟美奈子一打听，听她一说，没想到大阪竟然是个好地方。东西又好吃，大阪腔又有趣。美奈子的奶奶家也在那儿。美奈子还说，她经常会回大阪老家。这样一来，说不定下次我就能在大阪跟美奈子见面了……"

志郎也不问问我想说什么，叽里呱啦地只顾自说自话。我顿时气不打一处来，冲口说道："什么嘛，大阪既然这么好，你还不赶紧去？"

"这、这、这是怎么说……"志郎的脸，眼看着涨得越来越红，"去呀，当然要去！……说的这是什么话，也不理解理解人家的心情。"

"不理解！志郎的心情，我一点、一点也不理解！"

我猛地站起身来，头一拧，跑到玄关换回自己的拖鞋，冲了出去。重重地关上了志郎家的大门。

独自一人顺着公寓的楼梯往下走，眼泪终于夺眶而出。

（事情怎么会变成这样……）

我这个人，总是这样。

跟志郎吵架，我打心眼儿里一百个不愿意。可是，偏偏总是说话带刺儿。

我真是没救了……我真是讨人厌……

这样一个我，志郎是怎么想的呢？

走进儿童房，爬上双层床，我用被子蒙住头……

"明日香、明日香。现在睡觉可不成哦。"

是妈妈的声音。我这才发现，从志郎家哭着跑回家，钻进被窝……我、我居然睡着了。

"你瞧，是娜娜。"

我刚从床上坐起身来，妈妈就把娜娜举到我面前。

"娜娜怎么了？"

"娜娜呀，倒在电话旁边呢。你就不能把她放好啊？"

我从床上下来，把娜娜放回书架上，让她坐好。

（电话旁边？……）

我不记得把娜娜拿到那里去过呀，我顶着一头睡得乱蓬蓬的头发，使劲甩了甩头。

妈妈把手搭在我的肩膀上，说道："刚才我回来的时候，碰到了坂口先生，就一起回来了。坂口先生说，他们一家，开春要搬到大阪去……"

我一言不发，只是轻轻地点点头。

"这么说，明日香，你已经知道了？唉，往后可就没这么热闹咯。隼人也直说，'晴天霹雳！'在那儿嚷嚷得不可开交呢。"

"隼人他人呢？"

"在那边，正玩游戏呢。"

我赶紧去客厅看看。

只见隼人他盘腿坐在连接着游戏机的电视机前，正噼噼啪啪地操控着遥控器呢。

一门心思都在游戏上，哪里有一丁点儿"晴天霹雳"的样子？

"快，前进，前进！"

"隼人。"

"嗯？"隼人只是嘴里应了一声，盯着游戏画面，连头都没有回一下。

"姐姐你，是不是跟志郎哥吵架了？"两眼仍望着前方，他这样问我道。

"哪有？也说不上是吵架。"

"这样啊。要我说，你还是趁现在赶快跟他和好的好。要不然，可就真成了吵架分手了哟。"

"都说了我们不是吵架啦……"

还吵架分手呢……隼人这小子，才小学三年级，偏是这些不该他知道的事他了解得一清二楚。

真想从后面给隼人的脑袋狠狠这么一下。

我和志郎就这么别别扭扭的,过去了好几天。

别说"和好"了,都没怎么跟志郎说过话。志郎呢,也似乎在故意躲着我。

学校的午休时间。今天大伙儿来到了校园里,玩躲避球。

几乎全班的同学都到齐了。分成男生和女生两队,准备展开男女对抗赛。正在这时,吉田老师走过来了。

"吉田老师也加入吧。老师也是女生,所以该加入咱们这头。"

吉田老师甜甜地应了一声,加入了我们女生的队伍中。

"开始!"

随着一声令下,小明第一个把球扔了过来。

我们哇哇地叫着,躲闪着那个球。

不过,咱们班的女生们,还是强壮的比较多,绝不输给男孩子。

嘭!

只见美奈子把俊平扔过来的球稳稳地接了个正着,

立刻又朝对方扔了过去。

紧接着，美奈子扔的球又被义则接住了，旋即瞄准我们的脚下扔了过来。

"哇——"我大步一跃闪到一旁。

啪！

我倒是避开了，我身后的吉田老师却因此被球给砸中了。

"哎呀呀，中招了！"

连声"惨叫"着，吉田老师一边往界外走。

我双手合十，向吉田老师表示歉意，同时用余光搜寻着志郎。

志郎还留在界内，和剩下的男生咋咋呼呼地拥抱庆祝。

总是这样，我时不时地总会下意识地找找志郎在哪儿。

"好疼！"

刚一愣神儿，一个球狠狠地砸中了我的肩头。我一边揉着肩膀一边往界外走。

丁零零、丁零零……

正好这时，上课的预备铃响了。

"今天的最后一球!"

小明使出浑身的劲儿扔出了一个球,噌噌地一直飞出了界外。

"不好,球!"

吉田老师尖叫了一声,飞奔了过去。在花坛前吉田老师总算接住了球,可是却因为球强大的冲力而摔倒在地。

"啊!"几乎所有人都大叫了起来,这一下摔得可不轻。

"老师!"

"您没事吧?"

大伙儿都吓了一跳,赶紧朝老师奔了过去。

"没事、没事。"吉田老师揉揉腰站了起来:"这种紧要关头,长得胖可就派上用场啦。一身肉肉变成了挡箭牌,怎么摔都不会受伤的啦。"

看到吉田老师讪讪地笑着,大家这才松了口气。

"你们看,郁金香花球已经抽芽了哦。我一门心思想要保护好不容易长出来的嫩芽,别被球给砸坏了。这不,就着了慌。"

可不是嘛,定睛一看,地面上星星点点,有两三厘米长的嫩芽探出了小脑袋，可招人爱啦。

"哇哦——我最喜欢郁金香了。"

"我也是。"

女生们都兴奋得嚷嚷起来，数着郁金香的嫩芽。

吉田老师注视着大家，意味深长地说道："等到郁金香和樱花开花的时候，大家就升入五年级了。"

"老师，"阿豪抬起头来望着老师，"可是，到了五年级，不是会分班吗？到时候，班上的同学们就不能再在一起了。就连班主任老师，也会换的，对不对？"

吉田老师摸了摸阿豪的头。

"分了班，会认识新的同学。不过，大家不还是同在一所学校吗？总会有见面的时候的。"

我听了吉田老师的话，禁不住回头望向志郎。

（志郎……）

志郎低着头，头偏向一边，看不见他此刻的表情。

"别说了，老师！升入五年级的事，别再说了。开春之后的事，也别再说了。因为，春天一到，志郎就不在了。"我忍不住把心里的话说了出来。

"什么？"

"这是怎么说？"

大伙儿看看志郎，又看看我，都吃惊不小。

（讨厌！）

我逃也似的，头也不回地跑走了。

跑啊、跑啊……一直跑到了楼梯口。

"明日香！"

回头一看，志郎也追着我跑了过来。

"明日香，对不起，真对不起。"

"这是什么话？志郎你，有什么可道歉的。"

"其实那天，我也接到过一个电话。是个甜美的女孩子的声音。'明日香她哭了。明日香她真可怜。'电话里是这么说来着。可是，我不知道该怎么办才好，也实在是没办法……所以，对不起。"

知道，我都知道。他说的，一定是之前，我去志郎家那天的事儿。

我哭着走下楼梯，回到家中，钻进被窝里。

之后，妈妈叫醒了我，告诉我娜娜躺在电话旁。

给志郎打电话的……一定是娜娜。

而给我打电话的，则是小健，一定是这样，准没错。

娜娜和小健，我和志郎一人一个，凑成一对。所以，他们担心我们，于是就悄悄给我们打了电话，一定是这样。

"我不想志郎搬家。不想孤零零一个人。不想志郎不在身边……"

说着说着，我哭了起来，再也说不下去了。

"我也不想。不想搬家。不想离开大家，也不想离开明日香。"

志郎咬着嘴唇，双手紧紧地攥成了拳头。

这时，班上的其他同学也跑了过来。

看着我和志郎面对面站着，各自默默低着头。

而吉田老师则走到我们中间，一边一个，把我和志郎的头，搂进她的怀里。

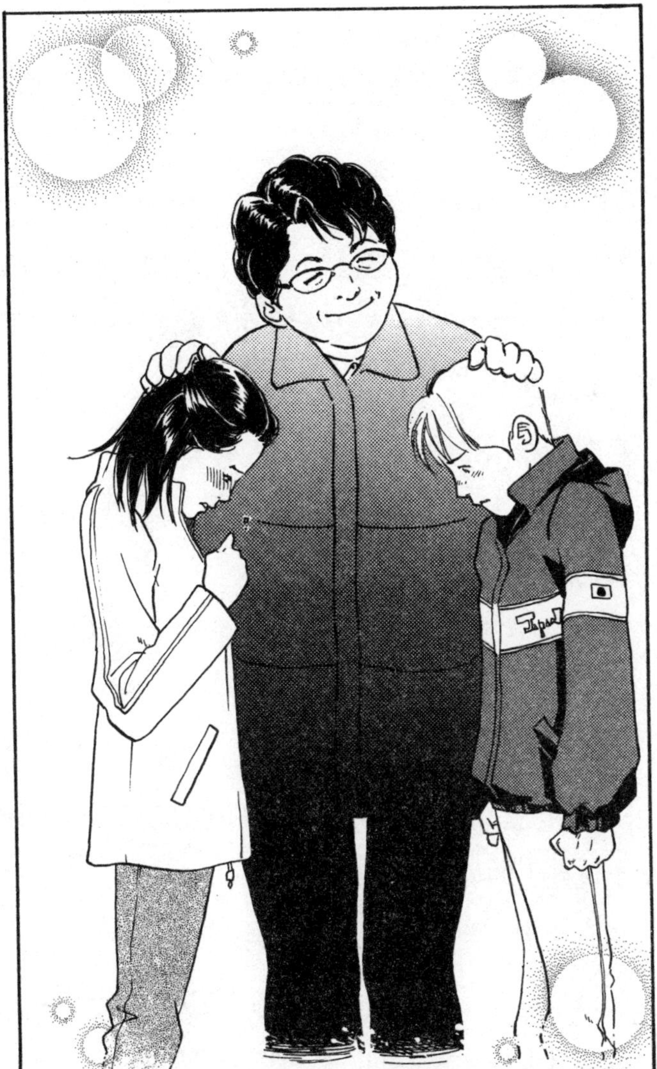

又到了每日总结会的时间。站在讲台上的吉田老师，把志郎叫上前去。

把手搭在低垂着头的志郎的肩膀上，吉田老师说话了：

"事情是这样的。志郎同学一家，因为父亲的工作关系，春假期间要搬到大阪去。不过，离搬家还有一个月的时间呢。在那之前，希望大家在一起好好相处，留下更多美好的回忆。"

志郎仍然低垂着头，默默地点点头。

放学后，大家一起走出了楼梯口。自然啦，我和志郎回家的路是同一条。

穿过儿童公园的时候，我在志郎身后叫了一声："志郎。"

志郎停下脚步，回头看着我。

"就算、就算志郎搬了家，我们还是朋友，对吗？还是从小玩到大的好朋友，对吗？"

志郎莞尔一笑："这个，当然啦。"

"所以，不光是今年。明年，我还是会送你巧克力的，会一直送到大阪去的。你听明白了吗？"

话说到最后，语气听起来，又变得有点不客气了。

"那是当然啦。明日香送的巧克力，我每年都要要的嘛。你要是不给，我会写信来要的……"

我和志郎不约而同地笑了。

"哟呵！"

听到一声大叫，回头一看，原来是弟弟隼人。

看样子，隼人也和我们同路回家。

隼人正用手指着我和志郎，让阿豪看呢。

"姐姐和志郎哥。东京和大阪，这就叫远距离恋爱呀。哇噻，远距离恋爱、远距离恋爱！"

隼人嚷得正欢，被志郎用左臂紧紧地抱住头，一顿猛拍。

"蠢货！"

把拼命挣扎的隼人从志郎手中救了出来，我也忍不住给了他一下。

"没错，真是个傻弟弟！你都是从哪儿学的这些话？"

隼人冲我和志郎吐吐舌头，一溜烟儿朝家跑了。

"好了好了，远距离友情，远距离友情，总行了吧！"

"等等，别跑！"

我们也追着隼人，一起奔跑起来。

结束的喷嚏

放学了。在天色已经完全暗下来的学校里,只有教员办公室的荧光灯,还亮着。

"……那么,我们来确认一下下个月,也就是三月的活动计划。"

四年级的所有班主任老师齐聚一堂,由吉田老师先开口说道。作为资深教师的吉田老师,是四年级的年级主任。

今天,是四年级的班主任老师开工作会议的日子。

"那个,本学年的工作,还剩最后一个月了……"

"阿嚏!"

一声喷嚏打断了吉田老师的讲话,是四年级二班的班主任木村老师。

"哎哟哟,木村老师。还有最后一个月啦,您可别感冒啊,要坚持到放春假呀。"

"是的是的。不好意思。"

被吉田老师这么一说,木村老师一边吸溜着鼻涕一边低下了头。

这时,木村老师的面前,出现了一杯冒着热气的咖啡。

"来,喝杯热咖啡,暖和暖和。"端着圆圆的托盘,英语老师佐伯,绽开了一个天使般的笑容。

"咳咳!"

其他的老师都不约而同地故意咳嗽起来。

"啊、啊。其他人也有的,我马上去泡。"佐伯老师说着,慌忙跑开了。剩下木村老师,低着头一个劲儿直挠脑袋。

(春天一过就是夏天,咱们这儿怎么都有点热热的感觉了……)

吉田老师噗嗤一声笑了,用手捅捅木村老师的背。

教员办公室外的走廊上,校工齐藤先生,正哼着歌走了过去。

傍晚时分的寒风也已变得柔和了许多。时间,已经是二月末了。

后记

时间过得真快。《四一班的神奇教室》系列图书，已经出到了第七卷。

无论是之前一直阅读这个系列的朋友，还是从这一卷才开始阅读的朋友，我都要对你们说一声，谢谢。

作者我，服部千春，在大家的支持下，一定会继续努力，坚持写到最后一卷。对我来说，大家写来的读后感，是最大的鼓励。我正是从中不断获得创作的原动力。

大家寄来的读者明信片，通过好心的编辑，都一张不漏地送到了我的手中。遗憾的是我不能一一回复，但是每一张我都会满心喜悦地拜读。

在此，借这个机会，请让我表达内心的谢意。真是谢谢大家了。当然，接下来的日子，也请大家继续支持。

言归正传。先说说本卷的标题，《这也许就是恋爱》。尽管我直截了当地用了"恋爱"一词，其实……说实话，提起这个话题，我还有真点不好意思，不愿多谈呢。

对于小学四年级的孩子们，说到"恋爱"，或许的确是太早了一点。

可是，回头看看我自己。早熟的我，从幼儿园时期开始，就一直非常清楚地知道，在班上我最喜欢的男生是谁。

幼儿园的时候喜欢的男孩子，生日跟我在同一个月。有着一起开生日派对的美好回忆。

小学一二年级喜欢的男生，是个学习成绩特别棒的孩子。我记得，调座位时我被调到跟他邻桌，当时开心得不得了。一次测验的时候，我一边看着男孩儿刷刷刷地奋笔疾书，轻松地解答着问题，一边在心里赞叹不已："好厉害！"

就在这时，"老师，千春同学偷看我的卷子。"——我被那个男生告了一状。老师马上对我说："看别人的卷子可是不对的哦。"

那时的我，真是个傻头傻脑的孩子。竟然是在很久之后，才明白自己被冤枉成了考试作弊。难怪呢，那个男生一直对我冷冷淡淡的。

就这样，早熟却又傻气，还有一点内向的我，对自己喜欢的男生，因为害羞而几乎从未说过话。

这样的情况，一直到读初中、读高中的时候，也丝毫没有改变。正因为如此，我才格外喜欢看各种各样的书，憧憬着书中的恋爱故事，成了一个爱做梦的少女。

　　读到这里，有人会说："明白、明白。我也一样。"当然，也一定有人会说："到底什么是恋爱，我还一点也不懂呢。"

　　不过，不懂也没关系。不用着急。请慢慢地、慢慢地，成长为一个大人吧。

　　曾几何时，还是一个爱做梦的少女的我，不知不觉间已经变成一个大妈了。所以，我对大家有一个小小的请求。

　　你现在的每一天，请一定用心地度过。你现在的每一份心情，请一定用心体会。在这广漠世界中，你邂逅的每一个人，也请一定好好珍惜。

　　最后，我还想说，如果在最后一卷还能与大家见面，我会由衷地欣喜。

服部千春

2008 年 3 月

写在洒满春日阳光的窗前